ミハイルのハーモニカ

Михаила
губная гармошка

高橋良子 文
Yoshiko Takahashi
金子 恵 絵
Megumi Kaneko

もくじ
Contents

NPO 法人日本サハリン協会提供

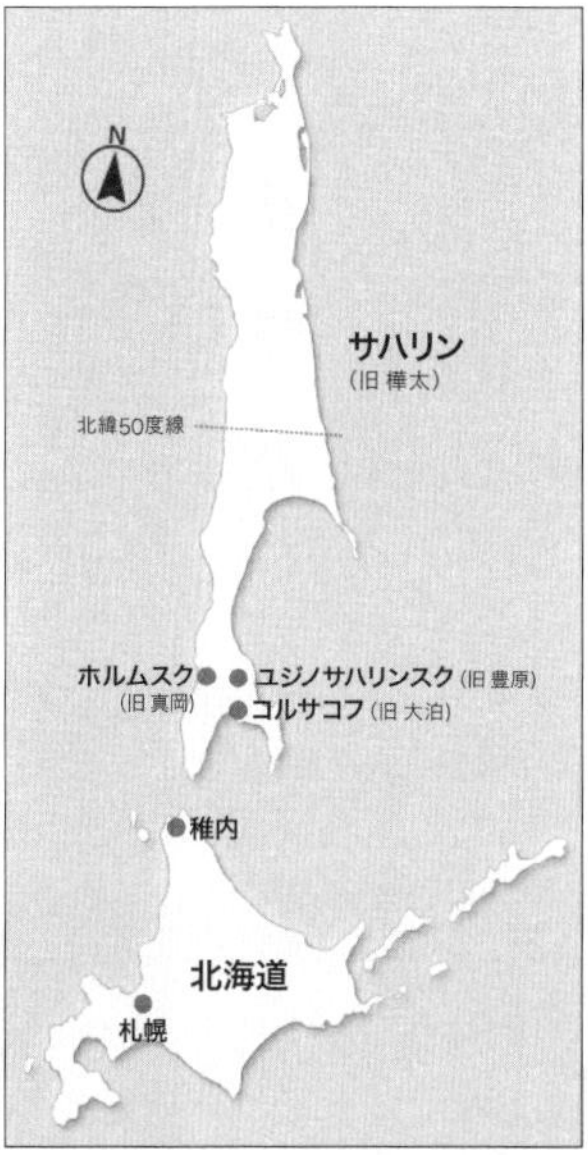

出典 地理院地図／GSI Maps 国土地理院

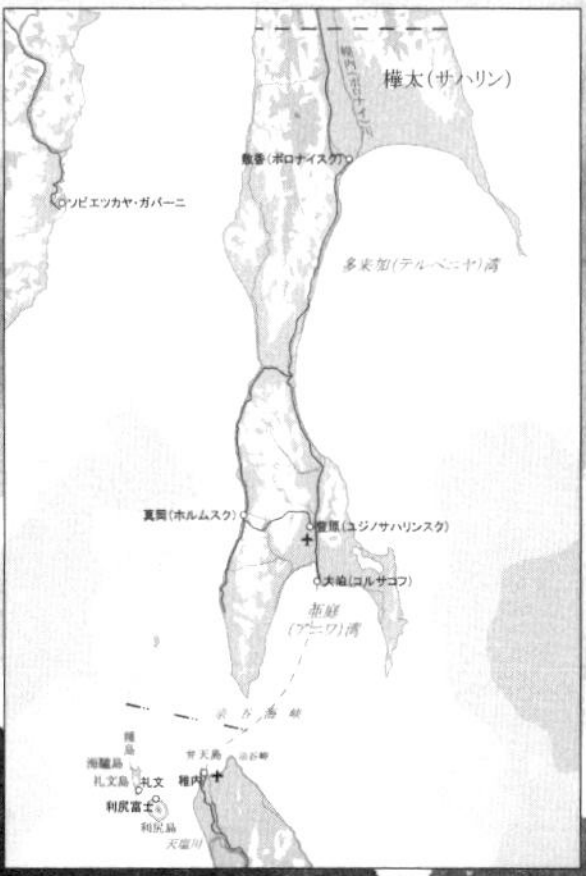

プロローグ▼一本の電話

二〇〇〇（平成《へいせい》十二）年、あたたかな四月のある日。

私《わたし》、山上良太《やまがみりょうた》に一本の電話がかかってきた。

「おい、良太、元気にしてるか？　ところで、おれたちが樺太《からふと》*の国民学校の時、よく寄《よ》り道をして遊んだ、ミハイルコート店のミハイルを覚えているか？」

電話は私のふる里、北海道《ほっかいどう》の北、旧《きゅう》樺太（現在《げんざい》のサハリン）の真岡《まおか》国民学校時代からの友人、沢井誠司《さわいせいじ》からだった。彼《かれ》は今、北海道で開業医をしている。

私は現在、長野県《ながのけん》の佐久《さく》地方に住んでいる。長野県の高校を卒業してからずっと、建築業《けんちくぎょう》でがんばってきた。六十歳《さい》になったとき、自分の会社を息子にゆずって、今は妻《つま》と静かにくらしている。

私たちは今年、六十九歳になった。

「ミハイル」の名前をきいて、私はなつかしさでいっぱいになった。
「覚えているさ。おれ、あの時ミハイルに借りたハーモニカ、まだ大事に持っているよ。そのミハイルがどうしたんだ？」

＊　＊　＊　＊　＊

樺太は現在サハリンといい、北海道の宗谷海峡《そうやかいきょう》の北にある島だ。

古くは全島、当時の帝政《＊ていせい》ロシア領土《りょうど》だったのが、日本《にほん》がロシアとの日露戦争《＊にちろせんそう》（一九〇四〜一九〇五年）に勝ったことで、樺太の北緯《ほくい》五十度を境《さかい》に、北がロシア領《りょう》、南が日本領になったのだった。その後、当時のロシアはロシア革命《かくめい》（一九一七年）によってソビエト連邦《れんぽう》（ソ連《れん》）になり、樺太の北はソ連の領土になっていた。

私は樺太で生まれて、一九四五（昭和《しょうわ》二〇）年に日本が太平洋戦争《たいへいようせんそう》で負けるまでそこで育った。しかし終戦によってソ連軍に追われて、樺太から日本本島に引き上げてきたのだ。

その後、樺太は全島ソ連の領土になり「サハリン」という地名になった。そして私《わたし》たち旧《きゅう》島民は、長い間樺太《からふと》を訪《おとず》れることもできずにいたのだ。

それが一九八九（平成元《へいせい》）年、ソ連《れん》がゴルバチョフ政権《せいけん》になり、旧樺太のサハリンに外国人の立ち入りを許可《きょか》するようになった。

するとその年、誠司《せいじ》と同じく真岡《まおか》の国民学校で友達だった坂本鉄平《さかもとてっぺい》が、久《ひさ》しぶりに電話をよこした。

彼《かれ》は青森《あおもり》で漁師《りょうし》をしている。

「山上《やまがみ》さんのお宅《たく》だね。良太《りょうた》か？　おれだよ、鉄平だ。久しぶりだなあ」

「鉄平か？　何年ぶりかなあ。元気そうな声だな」

「ところで、今度やっと樺太に行けるようになったこと知っているか？　墓参《ぼさん》の希望者を募集《ぼしゅう》しているからおれは行くぞ！　誠司も行く。良太も一緒《いっしょ》に行こう！」

「そうか、行きたいなあ。だけど今は無理だ。仕事を休むわけにはいかないんだ」

私はその時、請《う》け負った建築《けんちく》の仕事の納期《のうき》がせまっていたのだ。

鉄平のさそいに残念だったが、このときの樺太行きはあきらめた。

＊＊＊＊＊＊＊

その後、ソ連は一九九一（平成三）年に崩壊《ほうかい》し、国名をロシア連邦《れんぽう》とあらため、現在《げんざい》はロシアがサハリンを統治《とうち》している。

最近歳《とし》のせいか、ふる里樺太がやたらなつかしい。できたらもう一度、樺太を訪れてみたい気持ちが強くなっている。

そんなときにかかってきた誠司からの電話は、思いがけない樺太時代のミハイルの消息だった。

「何年か前になるけど、ロシア人の女の子の留学生《りゅうがくせい》をホームステイさせたことがあったんだ。その子、ロシアの学校の日本語《にほんご》学科にいたそうで、日本語ぺらぺらでさ」

「その子とミハイルがどうかしたのか？」

「おれ、その子に樺太時代の話をして、ミハイルの話もしたんだ。生きていたらもう一度ミハイルに会ってみたいって。ところで良太、サハリンに＊日本総領事館《にほんそうりょうじかん》ができたって知っているよな」

「うん、聞いた」

「その子、リザベータっていうんだけど日本総領事館《にほんそうりょうじかん》に勤《つと》めることになったんだって。それで、総領事館の仕事の合間にミハイルのその後を調べてくれて、それらしき人が見つかったらしいんだ」

「だけどミハイルなんて名前は、ロシアじゃざらにあるぞ。毛皮のコート店だってほかにもあったし、本当にあのミハイルなのか？」

「もしかしたら、という程度《ていど》なんだけど、今度こそ一緒《いっしょ》にサハリンに行ってみないか？」

私《わたし》はこの機会をのがしたら、二度とふる里に行くことはできないと思った。

「今度こそ行くよ。鉄平《てっぺい》もさそって一緒に行こう！」

私は受話器を置いて、静かに目を閉《と》じる。

まぶたの裏《うら》に、記憶《きおく》の中の真岡《まおか》の港町がよみがえってきた。

入り江《いえ》にそって並《なら》ぶ日本家屋《にほんかおく》の家並《いえな》み。

港にはかんづめ工場があり、近くには支庁舎《しちょうしゃ》や郵便局《ゆうびんきょく》もあった。

丘《おか》の上から見ると、遠く間宮海峡《まみやかいきょう》が広がる。

長い冬は鉛色《なまりいろ》の空と海がつながっているようで、島全体が白一色になった。樺太《からふと》の冬の港は凍《こお》りつき、船が沿岸《えんがん》まで来れないときがある。そんなときは、犬ゾリが沖の船から荷物などを運んだ。でも真岡の港は、対馬海流《つしまかいりゅう》のおかげで港が凍ることはなかった。

短い夏は、深い群青色の海の上を、連絡船《れんらくせん》や漁船《ぎょせん》が白い波を立てながらすべるようにいく。

一九四一（昭和《しょうわ》十六）年、私たちは国民学校の五年生だった。

（そうだ！）

私は引き出しからハーモニカを取り出して、金メッキがところどころはげていて、少しいびつになったハーモニカをそっと口にあてた。

ミハイルとの思い出が、少しずつよみがえってくる……。

1 ▾ バラライカとハーモニカ

ミハイルコート店というのは、毛皮のコートを作って販売《はんばい》するロシア人の店だ。真岡《まおか》の国民学校の通学路の途中《とちゅう》から、ちょっとわき道に入ったところにあった。

さっきから、学校帰りの良太《りょうた》、誠司《せいじ》、鉄平《てっぺい》、清《きよし》が、ミハイルコート店のショーウインドーの奥《おく》をのぞいている。

店の中には紳士《しんし》や婦人《ふじん》の毛皮のコート、毛皮のえり巻《ま》きが飾《かざ》ってあるが、人の姿《すがた》は見えない。

「おい、だれもいないみたいだぞ」

「また今度にしようか……」

四人が中をのぞきながらささやきあっている。

「君たち、何か用かい？」

突然《とつぜん》後ろから声をかけられた。

「わっ!」

少年たちはびっくりしてふり返る。

後ろに茶色い口ひげの大きな男が立っていた。

クルクルとまるまった髪《かみ》の毛もひげも、そして目の色もうすい茶色だ。

皮の細いズボンをはいて皮の長いくつをはき、シャツの上には黒い毛皮のチョッキを着ている。

「あの、この店のミハイルさんにお願いがあって来ました」

四人の中でいちばんしっかりした顔つきの誠司《せいじ》が、前に出て言う。

口ひげの男はゆっくり少年たち一人一人をながめて、

「私《わたし》がミハイルだよ。中に入って。用事を聞こう」

そう言うと、少年たちの背中《せなか》を押《お》して店の中へ入れた。

店の中は動物のにおいがする。

「君たちは何年生？」

「真岡《まおか》北国民学校の五年です。みんな同じ組です」

誠司が代表で答える。

「君たちの名前を教えてもらおうかな。私の名前はミハイル・イワノフだよ」

「ぼくは沢井《さわい》誠司です。前に父さんと来たことがあります」

誠司はまっすぐミハイルの顔を見て名乗った。

「ああ、覚えているよ。君のお父さんに以前コートを買ってもらったよね。お父さん、診療所《しんりょうじょ》の医者だったね」

「おれ、坂本鉄平《さかもとてっぺい》！」

いちばん背《せ》が高く、がっしりした体格《たいかく》の鉄平が大きな声で言った。

「君の家もこの近く？」

「おれんち海岸のすぐ近くだ。父ちゃんが漁師《りょうし》だから」

「ぼくは山上良太《やまがみりょうた》です！　家は山手町《やまてちょう》です」

四人の中でいちばん小柄《こがら》な良太《りょうた》が、負けじと大きな声で名乗る。

もう名乗り終えた三人が、ヒョロヒョロとしたやせた体格《たいかく》の少年をうながすようにつついた。

「ぼ、ぼくは金本清《かねもときよし》です。家は鉄ちゃんの家のすぐ近く……」

「それで、私《わたし》に用事っていうのは何？」

「あの、皮の切れはしをもらえませんか？　小さいのでいいんです。パチンコにつけたいんで……」

誠司《せいじ》がポケットから二股《ふたまた》の木の枝《えだ》で作ったパチンコを出して見せると、他の三人もあわてて出して見せた。

パチンコはどれもゴムがユルユルに伸《の》びてしまって、石をはさむ皮もボロボロになっている。

これはどんなにねらっても、石を遠くまで飛ばせるような代物《しろもの》ではない。

二股の先にゆわえつけたゴムがしっかりしていて、ゴムの中央につけた石をはさ

む皮がしっかりしていれば、石をかなり遠くまで飛ばすことができるのだ。

「おう、いいよ」

ミハイルはにっこり笑って、店の奥《おく》からどっさりと皮の切れはしを持ってきてくれた。

「えーっ！　こんなにもらっていいの？」

「いいよ。好きなだけ持って行って」

おまけにミハイルが弾力《だんりょく》のある新しいゴムと、皮をぬい付ける材料まで出してきてくれた。

そのおかげで、すっかり新品のようなパチンコに作り替《か》えることができた。

「真岡《まおか》南国民学校の六年生におれたちをいじめて面白がるやつらがいるんです。清と良太がとくにやられるんだ。なっ！　これで今度から助けるからな」

鉄平《てっぺい》が二人をふり向いたその時、ドアの向こう側でガタガタ音がする。

ミハイルが立ってドアを開けると、四頭の大きな樺太犬《からふとけん》が次々《つぎつぎ》部屋に入って来た。

「わっ！」

良太《りょうた》と清《きよし》はおどろいて鉄平《てっぺい》と誠司《せいじ》の後ろにかくれる。

「大丈夫《だいじょうぶ》だよ。この犬たちは私《わたし》の家族なんだ。アーニャとナターシャ、トーニャとユーリだ。おとなしい犬たちだから、なでてごらん」

そう言いながらミハイルは、可愛《かわい》くてたまらないというようにそれぞれの犬をなでまわした。

全身濃《こ》い灰色《はいいろ》のアーニャ。

ナターシャは全身黒で、耳がたれている。

トーニャは黒で、首のまわりと足の先が白。

ユーリは濃い茶色で、耳がピンと立っている。

鉄平と誠司はすぐに犬をなでて、背中《せなか》にまたがったりしている。

良太と清は、おそるおそるなでてみた。

じっとして、されるがままになっていてくれる犬たちと、すぐに仲良くなれた気

がした。

四頭とも全身太い毛がみっしりはえていて、しっかりした太い足だ。

ミハイルの店の奥《おく》は工房《こうぼう》になっていて、壁《かべ》にはクマやキツネ、ミンクやエゾシカ、アザラシなどの皮がそのままの形でぶらさがっている。

大きなミシンのそばの机《つくえ》の上には、作りかけのコートもある。

「これ、ミハイルさんがみんな捕《と》ってきたんですか？」

「私が捕ったものもあるし、専門《せんもん》の猟師《りょうし》から買ったものもあるよ。猟のときはこの犬たちが大活躍《だいかつやく》するんだ」

「海が凍《こお》っているとき、連絡船《れんらくせん》から人や荷物を犬ぞりで運んだりするよね」

誠司がそう言うと、ミハイルはうなずいた。

犬たちは少年たちを案内するように工房から裏《うら》へ出る。

ついて行くと犬小屋があって、その向こうは一面スズランの群生地だ。

スズランは高台にある良太《りょうた》の家の庭にもふつうに咲《さ》いてめずらしくはないが、これほど広く群生しているのはあまり見ない。

さわやかな香りがあたり一面に広がっている。

四人は犬たちとスズランにはさまれた小道を転げまわったり、走ったりしてしばらく遊んだ。

スズランの奥《おく》は白樺《しらかば》の木の林になっていて、シマリスが枝《えだ》を行ったり来たりしている。

ミハイルがピュッと口笛を吹《ふ》くと、犬たちは耳をピクッと立てて風のような速さでミハイルの元に集まった。

「君たち、もうそろそろ帰りなさい」

「ミハイルさんありがとうございました。また遊びに来ても良いですか？」

誠司《せいじ》がみんなの気持ちを代表して言う。

「ああ、いいよ。」

ミハイルは笑顔で、四人を送り出してくれた。

それから四人は、学校の帰りにちょくちょくミハイルの店に寄《よ》るようになった。

店をのぞくと、ミハイルが中に入るように手招《てまね》きする。

「お帰り。君たちお腹《なか》すいてないかい？」

「すいてる！　ぺこぺこだ！」

鉄平《てっぺい》が大きな声で答えた。

奥の部屋のテーブルの上には、ライ麦パンとミルクがたっぷり置いてある。

「いただきまーす！」

放課後、行進の練習を何度もくり返しさせられたので、のどもかわいていた。

ライ麦パンにはフレップの実のジャムをたっぷりぬる。

あまくておいしい。

フレップはブルーベリーに似《に》た木の実で、良太《りょうた》の家では果実酒にしてある。

山へフレップを採《と》りに行くときは必ず猟銃《りょうじゅう》を持った大人と一緒《いっしょ》に行くように、学校でも言われている。

フレップは、クマも大好きな実だからだ。

パンをかじりながら部屋を見回すと、飾《かざ》り棚《だな》の上に十字架《じゅうじか》の置物と古い写真が飾ってある。

「ミハイル、これはだれの写真？」

良太《りょうた》が聞いた。

写真は軍人のような男の人と、裾《すそ》の長いドレスを着て首飾《くびかざ》りをした女の人だ。

「ああ、私《わたし》のお父さんとお母さんだよ。若《わか》いときの写真。もうずっと前に死んでしまったけどね」

「ミハイルの家はもともと樺太《からふと》にいたの？」

「いや、今のソ連《れん》がロシアだったころ、モスクワにいたんだそうだ。だけど革命《かくめい》がおきて政治《せいじ》が変わってね。国の中で赤軍と白軍に分かれて戦ったんだ」

「赤軍、白軍って何なの？」

「それまでのように皇帝《こうてい》中心の政治《せいじ》がいい人は白軍。人民の労働者が中心になって

政治をしようとしたのが赤軍さ。それで戦争になって、赤軍が勝ってロシアはソビエト連邦《れんぽう》、つまりソ連になったってわけ」

「ミハイルの家はどっちだったの？」

鉄平《てっぺい》が身を乗り出して聞く。

「白軍さ。だから負けてここまで逃《に》げて来たんだよ。私は小さかったから覚えていないけどね。お父さんもお母さんもロシアの生活をなつかしがっていたっけ……」

そう言うとミハイルは、飾り棚の開き戸からめずらしい楽器を取り出した。

「これは*バラライカという楽器だよ。私のお父さんのものなんだ。子供《こども》のころよく弾《ひ》いてくれたっけ」

三味線《しゃみせん》を三角にしたような形で、赤い色に金の縁取《ふちど》りがあってとてもきれいだ。

ミハイルはバラライカを弾きながら歌をうたい始めた。低い、よくひびく声だ。

バラライカは、音が細かくふるえて優《やさ》しいひびきで、ミハイルの歌声を包み込《こ》むみたいだ。

いつの間にかアーニャたち四頭も部屋に入ってきて、*ペチカの前に寝《ね》そべって、しっぽをふっている。

歌はロシア語で意味はわからなかったが、良太《りょうた》たちもしんみり聞き入った。

「今の歌はロシアの昔からある歌なんだよ。そうだ！　君たちもなにか歌って」

急にミハイルに言われて四人はちょっと迷《まよ》った。

「何にする？『*富士山《ふじさん》』とか『*海』？」

良太が三人の顔を見ながら相談すると、誠司《せいじ》がきっぱりと言った。

「『*故郷《ふるさと》』にしよう！」

「故郷」の歌は良太たちの担任《たんにん》の佐山《さやま》先生の大好きな歌で、五年生になってから教わってよく歌っている。

本当は六年生の*唱歌の教科書にあって習うらしいが、特別に良太たちの組だけ早く教わったのだ。

どうしてかと言うと、その歌の詩が佐山先生の故郷のままなんだそうだ。

佐山先生の故郷は、信州《しんしゅう》（長野県《ながのけん》）の北の方で雪がたくさん積もるところらしい。まわりを山に囲《かこ》まれていて、山の後ろにはさらに高い山があり、その後ろにはもっと高い山が連なっているんだそうだ。
だけど良太たちが「故郷」を歌うとき、思い描《えが》くのはやっぱり磯《いそ》の香りの広がる海とシマリスも遊ぶ白樺《しらかば》やトドマツの林だ。

♪うさぎ追いし　かの山〜
小鮒《こぶな》釣《つ》りし　かの川〜
夢《ゆめ》は今も　めぐりて〜
忘《わす》れがたき　ふるさと〜♪

四人で歌い終わると、ミハイルは開き戸から金色にかがやくものを出してきた。
それを見て誠司が、「あっ、ハーモニカだ。ぼくの家にもある。ぼく吹《ふ》けるよ」

＊故郷（ふるさと）　作詞　高野辰之　作曲　岡野貞一　＊海　作詞　林柳波　作曲　井上武士
＊富士山（または「ふじの山」）　作詞　巌谷小波　作曲　不詳

と言う。

「じゃあ、誠司《せいじ》がこれを吹《ふ》いて、三人は今の歌をもう一度歌って」

誠司のハーモニカの演奏《えんそう》で、三人はまた「故郷《ふるさと》」を歌い出した。

すると途中《とちゅう》から、ミハイルがバラライカを合わせて弾《ひ》き出したのだ。

歌をじゃましないように小さく優《やさ》しい音で……。

弾いているのはぜんぜんちがう曲なのに、不思議と「故郷」の曲に合っている。

「よしっ！　いいぞ！　ときどき練習してクリスマスに音楽会をしよう」

ミハイルは、ポンッと手をたたいて言った。

「えっ？　音楽会？　ミハイルの家で？」

誠司がおどろいたように聞いた。

「そうだよ。私《わたし》の友達のパン屋のイリーナとかソーセージ屋のセルゲイも来るんだ。イリーナは歌が上手いし、セルゲイはバイオリンを弾くよ。その日は君たちのお父さんとお母さんも招待《しょうたい》して聞いてもらおうじゃないか！　どうだい？」

「えーっ！　父さんや母さんも？」

四人は顔を見合わせた。なんだか胸《むね》がワクワクしてくる。

「ミハイル、クリスマスって何？」

鉄平《てっぺい》が聞いた。

「ぼく知ってる。西洋の神様の誕生日《たんじょうび》なんだよね。父さんに聞いたことある」

誠司が得意《とくい》そうに言う。

「そうだよ。ヨーロッパとかアメリカとか、キリスト教の多くの国のクリスマスは十二月二十五日。その前の日の二十四日は『クリスマスイブ』と言って盛大《せいだい》にお祝いするのさ。だけど私の両親の国、ロシアの*ロシア正教会《せいきょうかい》ではクリスマスは一月七日なんだ」

「どうしてちがう日なの？」

誠司は不思議に思ったみたいだ。

「昔の古い暦《こよみ》のままの日にしてあるんだよ。ロシア正教会は」

「音楽会はどっちのクリスマスのときにやるの?」

良太《りょうた》も聞いた。

「そうだな。一月七日のほうが新年のお祝いにもなるから一月七日にしよう。学校もまだ休みだろ?」

「うん! 七日ならまだ正月休みだよな」

鉄平《てっぺい》がみんなを見回す。

「よし! たっぷり日があるから練習もできるよ。このハーモニカは君たちに貸《か》してあげよう」

ミハイルのハーモニカはまず良太が借りて、誠司《せいじ》に教わりながら練習することになった。

2▼チビとチョウセン

樺太《からふと》の夏は一気にやって来る。

春先の輝《かがや》くような黄色のフクジュソウや純白《じゅんぱく》のミズバショウもいいが、六月から九月がいちばん美しい季節だ。

赤いケシの花や赤紫《あかむらさき》のヤナギラン、ピンクや白のルピナス、コスモスなどが咲《さ》き乱《みだ》れ、白樺《しらかば》はやわらかな緑の葉をそよがせる。

良太たちにとっても、待ちに待った季節だ。

夏休みになって、毎日友達とさそい合って浜辺《はまべ》にやって来る。

海に入って泳ぐのは男の子ばかりで、女の子は泳がない。

良太は五年生になって、一人で*ふんどしをだいぶ上手にしめられるようになった。

去年までは泳いでいる途中《とちゅう》にゆるんできて、何回もしめなおしたのだ。

夏といっても海の水温はかなり低く十五度ぐらい。海水に入っていくと凍《こご》えそうになる。

だから海へ入るときは、必ずたき火をしておくのだ。

体が冷えて口びるが青くなると浜《はま》に上がって、たき火で温まる。

浜辺《はまべ》には見わたす限《かぎ》り、魚のにしんの開きが等間隔《とうかんかく》に干《ほ》してある。

子供《こども》たちは腹《はら》が減《へ》るとそれを勝手に取って棒《ぼう》にさし、火にあぶって食べるのだ。

これが最高に美味い。

そして、近くの畑から大根を抜《ぬ》いてきて、海の水で洗《あら》ってかじる。

塩味がちょうどいい具合だ。

そんな子供たちを、大人がたまに見ても何も言わない。

もうずっと前から子供たちは、そうやってきたのだ。

「まきが足りないな。流木拾いに行くやつと、にしんをすくいに行くやつに分かれよう。良太《りょうた》と清《きよし》は火が消えないようにたき火の番をしていろ」

こういうときの指図は、いつも鉄平《てっぺい》がする。

にしんは岸壁《がんぺき》の下にうじゃうじゃいて、網《あみ》でいくらでもすくえるのだ。

良太と清を残して他の子たちは散らばって行った。

少しして、

「あっ、いやなやつらが来た」

清が小さい声で良太にささやいた。

いつもの真岡《まおか》南国民学校六年生の男の子五人くらいが、こちらに近づいて来る。

彼《かれ》らは神社の境内《けいだい》で遊んでいるときなど、よくからかったり乱暴《らんぼう》したりするのだ。

特に清はよくやられる。

清の父ちゃんが朝鮮《ちょうせん》から出*かせぎで働きに来ていることから、清を「チョウセン」と呼《よ》ぶことが多い。

「おい！　チビとチョウセン。そのたき火おれ達が使うからどけ！」

「ここはぼくたちが燃《も》やしたたき火だから、他の所で燃やして……」

良太《りょうた》は勇気を出して、やっと言った。

「この海岸は南国民学校の学区内だぞ！　お前ら自分の北国民学校の学区の海岸へ行け！　口答えして生意気だっ！」

北国民学校の学区の海岸は岸壁《がんぺき》になっていて泳ぐのには適《てき》さない。ここの海岸は遠浅で砂浜《すなはま》も広いのだ。

良太と清《きよし》は囲《かこ》まれて、腕《うで》をつかまれ海の中へ連れて行かれた。

（鉄ちゃんたち、早く戻《もど》ってきて！）

良太は心の中で鉄平《てっぺい》たちを呼《よ》んだ。

南国民学校の六年生たちは、笑いながら良太と清の頭を押《お》さえてしずめようとする。

「やめてっ！　やめろー！」

塩からい海の水を何度か飲んだ、その時だ。

ウーッ！　ワンワン！

激《はげ》しい犬の鳴き声が近づいて来て、海の中まで大きな犬二頭が入って来た。

「ウワーッ！」

六年生たちは我先《われさき》に逃《に》げ出して、浜《はま》へ上がって逃げていく。逃げながら、

「チョウセン！　チビ！　覚えてろ！」

とさけんでいる。

良太と清はアーニャとトーニャの首を、しっかり抱《だ》いた。

浜に上がるとミハイルが立っていた。

そばにナターシャとユーリもいる。

「大丈夫《だいじょうぶ》かい？　ちょうど通りかかったんだよ」

「あいつらときどき、ぼくとキヨちゃんをいじめるんだ。鉄ちゃんや誠司《せいじ》がいないときねらってさ。ぼくたち強くないから……」

良太が言うと、

「ぼくんちの父ちゃんと母ちゃん、*朝鮮人《ちょうせんじん》なんだ……」

清《きよし》が小さな声で言った。

「そうかい？　いいじゃないか。私《わたし》はロシア人さ」

ミハイルはおだやかな顔で清を見た。

「そうだ！　清。音楽会の時、朝鮮《ちょうせん》の歌を歌ったらどうだい？　お父さんやお母さんに教わって。パン屋のイリーナもソーセージ屋のセルゲイも自分の国の歌を演奏《えんそう》したいって言ってるよ」

清の泣き顔がだんだん笑顔になってきた。


良太《りょうた》の家は、港を見下ろせる高台にある。

港にはかんづめ工場があって、良太の父さんは工場長だ。

父さんの実家は信州《しんしゅう》の佐久《さく》というところだそうだが、母さんも姉さんも良太もまだ一度も行ったことがない。

以前、どうして樺太《からふと》に来たのか聞いてみた。

父さんはお酒を飲みながら、
「おれは五人兄弟の五番目でさ。分けてもらえる田んぼも無いから、内地より給料のいい樺太を希望して来たってわけさ。寒くて大変かと思ったけど佐久だって寒いところだし、樺太は石炭のストーブでむしろ家の中はこっちのほうが暖《あたた》かいよ」
そう言っていた。
母さんの家はじいちゃんの代から樺太にいたのだそうだが、じいちゃんもばあちゃんも、良太が小さい時に亡《な》くなって今はもういない。

夏休みも終わって二学期が始まった。

良太たちは学校の帰り、またミハイルの家に寄《よ》り道して音楽会の練習をした。

その帰り道、誠司《せいじ》や鉄平《てっぺい》、清と別れた良太は丘《おか》への階段《かいだん》の途中《とちゅう》で、となりの伊藤《いとう》さんの奥《おく》さんの糸子《いとこ》と出会う。

伊藤さんのご主人は営林署《えいりんしょ》へ勤《つと》めているんだそうだ。

一人息子の秀夫《ひでお》さんは、今年から北海道《ほっかいどう》の獣医《じゅうい》になる学校へいっている。

おばさんは回覧板《かいらんばん》をかかえて、*隣組《となりぐみ》へわたしに行くところみたいだ。

いつも着物を着ていて、おまんじゅうのように丸めた髪《かみ》に赤い玉のかんざしをさしている。

「あら、良太《りょうた》君、お帰りなさい。ずいぶんおそいのね」

「うん、ちょっと寄《よ》り道してきたからね」

「良太君の家にお客さんみたいよ」

「えっ？　だれだろう？」

「軍人さんよ」

「あーっ！　わかった！」

良太は急いで階段《かいだん》をかけ上がり、家の勝手口へまわった。

「ただいまー！　飯岡《いいおか》*中尉《ちゅうい》さんが来てるでしょう？」

「お帰りなさい。また寄り道してきたんでしょう」

今年から女学生になった姉の節子《せつこ》が、ちょっとにらみながら言う。節子も学校から帰ったばかりらしく、セーラー服のままだ。長い髪《かみ》を三つ編《あ》みにしている。

「はやく、ごあいさつしていらっしゃい」

母さんがお酒とにしんの粕漬《かすづ》けを盛《も》った皿を、客間に運んで行きながら良太《りょうた》に言う。

飯岡中尉《いいおかちゅうい》は父さんの幼《おさな》なじみだそうだ。

去年、軍の用事で工場に来て父さんと久《ひさ》しぶりに会ったらしい。

それからときどき、良太の家に来るようになったのだ。

父さんと飯岡中尉とは、中学まで一緒《いっしょ》だったそうだ。

いかめしい軍服姿《ぐんぷくすがた》とは合わない、いつもにこやかな顔で良太の好きなおじさんだ。

「おじさん！　いらっしゃい！」

「良太君、今帰りかい？　おそいな。さては道草食ってきたな」

「うん。ちょっとね。『故郷《ふるさと》』の歌の練習してきたんだよ」

「♪うさぎ追いし　かの山……♪って、あれか？」

飯岡中尉が歌い出した。

「えーっ、おじさん知っているの？」

「昔おれたちも習ったよな」

飯岡中尉が父さんのほうを向くと、父さんもニコニコしてうなずいた。

「良《りょう》太《た》君、おじさんたちの学校はウサギ狩《が》りの行事が毎年あったんだ。なあ、山上《やまがみ》」

「今もやっているんじゃないか？　五、六年生の行事だったよな。わなをしかけておいて、みんなで追い上げるんだ」

父さんもなつかしそうな顔になって言う。

「ウサギをとったあと、どうするの？」

良太は気になって聞いた。

「地元の猟《りょう》師《し》さんが手伝ってくれて、ウサギ汁《じる》にしてみんなで食べたよ」

飯岡中尉《いいおかちゅうい》が手で食べる動作をする。

ウサギ狩《が》りの話の後、父さんが改まった顔になった。

「良太《りょうた》、おじさんは今度敷香《しすか》へ移動《いどう》になったそうだ」

「えっ！　敷香って北の方の町でしょう？」

良太はおどろいて聞き返した。

「ああ、国境線《こっきょうせん》に近いぞ」

「ソ連《れん》は大丈夫《だいじょうぶ》なのか？　侵略《しんりゃく》してくる心配はないのか？」

父さんが聞くと　飯岡中尉はニコニコした顔を引きしめた。

「我々《われわれ》はいつもソ連には警戒《けいかい》しているさ。ところでかしこい樺太犬《からふとけん》、ここら辺にいないかな？」

「りこうな樺太犬なら知っているよ。ミハイルのところの犬たち、みんなりこうだよ」

「ほう、ミハイルとは？」

飯岡中尉の目がキラリと光った。

「毛皮のコートやえり巻《ま》きを作って売っているロシア人の店だよ。彼《かれ》は猟《りょう》にも行くらしいから樺太犬を飼《か》っているんだ」

父さんが説明する。

良太は何となく不安になった。

「犬をどうするの？」

「もっと軍用犬が必要なんだ」

「だめだめ！　アーニャたちを連れて行っちゃ、絶対《ぜったい》だめだからね！　ぼくたちの大事な友達なんだから！」

「わかった！　わかったよ」

飯岡中尉は笑いながら母さんの得意《とくい》の、にしんをキャベツではさんだ粕漬《かすづ》けを口に入れた。

「奥《おく》さんのにしんの粕漬けが当分食べられなくなるのがさびしいなあ」

犬の話はそれきりになり、しばらくして飯岡中尉は暗い夜道を帰って行った。

3 ▾ 戦争ごっこ

一九四一（昭和十六）年十二月八日。

朝から大人たちは、ラジオの放送にくぎづけになっている。

日本《にほん》の戦闘機《せんとうき》が、アメリカの真珠湾《しんじゅわん》を突然攻撃《とつぜんこうげき》したのだそうだ。

日本はそのころ、中国とはもう戦争をしていたけれど、今度はアメリカやイギリスとも戦争すると宣言《せんげん》したらしい。

学校でもその話題で持ちきりだ。

「すっげーなあ！　ブーン！　ダダダダッ！」

鉄平《てっぺい》は興奮《こうふん》気味に両手を広げて、戦闘機になった真似《まね》をして誠司《せいじ》やほかの子を撃《う》つ真似をする。

「かっこいいよなぁ！」

良太《りょうた》も一緒《いっしょ》に戦闘機になった真似をして、ぐるりとまわる。

そんな二人を見て、誠司やまわりにいた子たちも笑いながらやり返した。

良太たち四人は学校の帰り、ミハイルの店に寄《よ》ることにした。

「やあ、お帰り。音楽会の練習はしているかい？」

ミハイルはいつもと変わらないおだやかな表情《ひょうじょう》で、工房《こうぼう》から出てきた。

四頭の犬も、次々《つぎつぎ》としっぽをふりながら出てくる。

「やってるよ。『故郷《ふるさと》』は良太がハーモニカ伴奏《ばんそう》で、『海』はぼくが伴奏。清《きよし》はお父さんから朝鮮《ちょうせん》の歌を教わっているよ。なっ！」

誠司が清を見る。

清がうなずいた。

「ミハイル！　日本は今度、アメリカやイギリスとも戦争するんだって！」

鉄平が意気込《いきご》んで言うと、ミハイルはだまって奥《おく》から地球儀《ちきゅうぎ》を持ってきた。

「ここが日本。ここがアメリカ。ここがイギリスだ」

ミハイルは地球儀《ちきゅうぎ》で国の場所を、指で示《しめ》した。

「えーっ！　日本《にほん》はこんなにちっちぇーのか？」

鉄平《てっぺい》は信じられないというように首をかしげる。

「そうだ。こんなに大きい国と戦うことになったんだ。勝てるかな？」

ミハイルは鉄平の顔を見ながら言った。

「ミハイル、大丈夫《だいじょうぶ》だよ。日本は負けたことがないんだ。ロシアにだって勝ったじゃないか」

鉄平は胸《むね》を張《は》った。

「そうだよ。日本は小さくたって強いんだ」

良太《りょうた》と誠司《せいじ》がうなずき合うと、ミハイルはだまって地球儀を片付《かたづ》けた。

清《きよし》はずっとだまったままだ。


それから二、三日たって、講堂《こうどう》で校長先生のお話があった。

「みんなも知っているように、この十二月八日に我《わ》が日本は米英に*宣戦布告《せんせんふこく》しましたが、*帝国《ていこく》海軍は早くも英国の巨大戦艦《きょだいせんかん》を二せきも撃沈《げきちん》しました。そのお祝いに、日本の軍からみんなに記念の品を下さいます。兵隊さんに感謝《かんしゃ》して、ありがたくいただくように」

教室に戻《もど》ると佐山《さやま》先生が、一人一人に白い消しゴムとボールを配ってくれた。

「わあー！　いいにおいがする」

消しゴムはほのかにあまい良いにおいがして、みんな鼻をくっつけてかいでみる。

それからその日はお祝いの提灯《ちょうちん》行列があって、町中大変なにぎやかさだ。

良太たちも日章旗《にっしょうき》模様《もよう》の提灯に火のついたロウソクを入れて、町の一番にぎやかな通りを行列に加わって行進した。

「ばんざーい！　ばんざーい！」

白一色の町の通りに赤々《あかあか》とした提灯の列が続き、みんな興奮《こうふん》している。

「♪*敵《てき》は幾万《いくまん》有りとても……♪」

＊敵は幾万　作詞　山田美妙斎　作曲　小山作之助

歌もわき起こった。

良太《りょうた》たちもいっしょに歌い、何だかもう戦争に勝ったような雰囲気《ふんいき》だ。

途中《とちゅう》、パン屋のイリーナが店の中から行列を見ている姿《すがた》が見えた。

何となく不安そうな顔をしていて、良太はちょっと気になった。

「帰りにミハイルの店に寄《よ》ろうよ」

良太が言い出して四人で寄ってみたが、ミハイルの店はもうしまっている。

他の店は明るく開けているのに。

「ミハイルはロシア人だから、日本《にほん》が勝ってもそんなにうれしくないんだろ」

鉄平《てっぺい》が言うと、良太もそうかもしれないと思った。

それからは町でも、赤紙*（召集令状《しょうしゅうれいじょう》）が来て出征《しゅっせい》して行く人を見送る光景を、多く見るようになってきた。

このところ、良太たちの学校での遊びは戦争ごっこばかりだ。

敵味方《てきみかた》に分かれて雪を当て合うのだが、大将《たいしょう》とか軍曹《ぐんそう》*とか二等兵*とか、当てかた

が上手な順に役が決められる。

大将はいつも鉄平だ。

「突撃《とつげき》ー！」

鉄平の合図で、誠司《せいじ》がハーモニカで突撃ラッパの音を吹《ふ》く。

それを合図に、いっせいに雪の玉をぶつけ合うのだ。

「あっ！　痛《いた》いっ！　顔に当てるの違反《いはん》だぞ！　キヨちゃん気を付けろ！」

いつも先にねらわれるのが良太と清《きよし》。

戦争ごっこのときは、いつも二人で助け合って逃《に》げている。

それを敵の子供《こども》たちは追ってきて、雪玉をぶつけるので二人とも雪だらけだ。

それが、このところ毎日清が、

「ごめん！　先に帰る。早く帰って来いって言われてるんだ」

そう言って帰ろうとする。

「またかよ！　キヨちゃんこのところずっとそうだな」

良太《りょうた》は口をとがらせた。

「ごめん……」

清《きよし》は下を向いて帰っていった。

清がいないと、良太が真っ先に敵《てき》にねらわれるのだ。

「キヨちゃんさ、このごろいつも先に帰っちゃうけど、そんなに家で手伝うことあるのかな」

良太は不満げに鉄平《てっぺい》と誠司《せいじ》にもらした。

「清の父ちゃんはおれの父ちゃんの船に乗って漁《りょう》に出かけているし、母ちゃんは港で働いているから弟や妹を見ているんだろ」

鉄平がかばうように言う。

良太は鉄平たちと別れてから清の家の方に向かった。明日は一緒《いっしょ》に遊ぼうと言うためだ。

共同井戸に清らしき男の子が、水をくんで桶《おけ》に入れているのが見える。

清《きよし》は水がいっぱいに入った二つの桶《おけ》を持ち上げようと、両肩《りょうかた》にてんびん棒《ぼう》をかけてヨロヨロ歩き始めた。その格好《かっこう》がおかしくて、良太《りょうた》はいたずらでおどかしてやろうと思った。

後ろからそっと近づき、

「わっ！」と軽く背中《せなか》をたたいた。

そのとたん、清はつまずいて転び、桶の水はぜんぶこぼれてしまった。

「ごめん！　ごめん！」

良太は笑いながら謝《あやま》ったが、清は無言で良太をにらみつけるばかりだ。清は無言でまた水をくみ直している。

良太は悪かったと思ったけれど、なんだか素直《すなお》に謝れなくなってしまい、そのまま別れてしまった。

次の日も、その次の日も清は戦争ごっこには参加しないで帰った。鉄平《てっぺい》が、

「清、今日は遊べるんだろ？」

と言っても、

「今日も家の用事をしなきゃならないんだ」

と言って帰ってしまうのだ。

戦争ごっこからの帰り道、海辺から吹《ふ》き上げてくる風がほっぺたにささるように冷たい。

途中《とちゅう》、綿入《わたい》れの着物を何枚《なんまい》も重ね着してダルマのようになったおばあさんとすれちがった。

三人はおどろいてふり返った。

「すげえなあー！　おすもうさんみてえだ」

鉄平はそう言いながら、のっしのっしと歩いてみせる。

誠司《せいじ》と良太はそのかっこうに笑い転げてしまった。

「のどがかわいたな。ミハイルの店に寄《よ》って、あったかいミルクを飲ませてもらおうよ」

誠司《せいじ》が言うと、

「うん！　行こう！」

三人は勢《いきお》いよく走り出した。

「こんにちは！」

ミハイルの店のドアを開けて入っていくと、アーニャとトーニャがしっぽをふりながら奥《おく》の工房《こうぼう》のほうから出てきた。

それと同時に工房から、たどたどしいバラライカの音と清《きよし》の歌声が聞こえて来る。

♪*アリラン　アリラン　アラリヨ　アリラン峠《とうげ》を　越《こ》えてゆく……♪

三人が工房に入っていくと、バラライカを抱《かか》えた清は、おどろいたようにパタリと歌うのを止めて下を向いた。気まずい空気が流れる。

「あれ？　キヨちゃん、家に用事があったから先に帰ったんじゃないの？」

良太《りょうた》のとがめるような言い方に、清は返事をできないでいる。

ミハイルが両方を見ながら、

「清の朝鮮《ちょうせん》の歌にバラライカが合うような気がして、私《わたし》が練習に来るように言ったんだよ」

取りなすように言うのだが、良太は面白くない。

「そんなら、そう言えばいいんだよ」

「ごめん……」

鉄平《てっぺい》が机《つくえ》の上の猟銃《りょうじゅう》に気がついた。

「ミハイル、また狩《か》りに行くの？　いつ行くの？」

「あさっての日曜日に行く」

「いいなあ。行ってみたいな。連れてって！」

「うーん、そうだな。日帰りの狩りだから連れて行ってもいいかなぁ」

「えっ！　本当？」

＊アリラン　日本語訳　安西薫　作曲　朝鮮半島民謡

「行くなら朝五時出発だ。行っても良いか親に聞いておいで」

家への帰り道。鉄平《てっぺい》、誠司《せいじ》、良太《りょうた》はすっかり狩《か》りに行く気になっているが、清《きよし》ははっきりしない。

「清も行くだろ？」

鉄平が顔をのぞきこむ。

「母ちゃんがだめって、言うかもしれない」

「ウチの父ちゃんに行かせるように言ってもらうから、一緒《いっしょ》に行こう！」

「そうだよ。一緒に行かなきゃつまらないよ。行こうよ。な、良太？」

誠司も良太の同意をうながすように言うが、良太はだまっている。

何だか清に抜《ぬ》けがけされたような気分になっていた。

鉄平や誠司は大将《たいしょう》や参謀《さんぼう》だけど、良太と清は二等兵で助け合っていたのに。

夕飯の時、良太は早速狩りのことを話した。

「ねえ、行ってもいいでしょう？　鉄ちゃんも誠司も行くんだよ」

「狩りなんてまだ無理じゃないの？」

母さんが心配そうに言う。

「足手まといになるのに、よくこんな小さい子を連れて行く気になるわね」

姉の節子《せつこ》の言い方に、良太はムッとしてにらみつけた。

「そうだな。日帰りならそんなに危険《きけん》な場所もないだろう。男の子は冒険《ぼうけん》も大事だ。行ってこい」

父さんが案外あっさり許《ゆる》してくれた。

「だってロシア人なんでしょう？　大丈夫《だいじょうぶ》かしら」

母さんがご飯をよそりながら、父さんに聞いた。

「以前、コートを彼《かれ》の店で作った時、いろいろ話をしたが彼は誠実《せいじつ》で良い男だよ」

父さんのことばに良太は、

（よし！　やったぞ！　狩りに行ける）

胸《むね》がワクワクしてきた。

4 ▾ 仲直り

日曜日の朝、五時。

まだ暗いうちに登校班《はん》の集合場所、神社の鳥居《とりい》に良太《りょうた》たちは集まって、ミハイルコート店に向かう。

清《きよし》も来れるようになって四人そろった。

まだ何となく良太と清は気まずそうだ。

ミハイルコート店に着くと、ミハイルがソリの先にランタン*を付けている。

ソリを引く犬は六頭だ。

「あれ？　ミハイル、犬が増《ふ》えているね。どうしたの？」

良太が聞くとミハイルは、

「ソーセージ屋から二頭借りたんだ。狩《か》りのときはいつもお互《たが》いに犬を借りたり貸《か》

したりしているのさ。だからこの子たちもすっかりなれているんだよ」

そう答えながら、犬たちの背中《せなか》をやさしくポンポンとたたいた。

いよいよ出発だ。

ミハイルが手綱《たづな》を持って、良太たちは後ろに座《すわ》る。

犬たちがかけ出し、ソリが真っ白な雪原をすべっていく。

「わあー！」

興奮《こうふん》してさけぶ四人の声が、明るみ始めてきた辺りにひびきわたった。

そのうちに、行く手の空と雪原が、日の出の金色の光に染《そ》まっていく。

まるで自分たちが、その金の光の中に吸《す》い込《こ》まれていくみたいだ。

葉をすっかり落とした白樺《しらかば》の木々も、金色に輝《かがや》いている。

四人は声を出すのも忘《わす》れて、しばらく見とれてしまった。

太陽がすっかり昇《のぼ》ったころ、ソリはトドマツやエゾマツが立ち並《なら》ぶ森の入り口で止まった。

木の枝《えだ》には、シマリスが行ったり来たりしている。

ミハイルは、ソリを木の幹《みき》につなぎ止めた。

「さあ、ここで狩《か》りをするよ。君たち、あの*雷鳥《らいちょう》をパチンコでねらってごらん」

ミハイルの指さす方向を見ると、雪の上に五羽くらいの真っ白な鳥がいる。

目の上あたりにちょっとだけ赤い部分がある、冬の雷鳥だ。

四人はそっと近づいて、それぞれねらいを定めてパチンコを撃《う》ってみたが、どれも当たらず逃《に》げられてしまった。

「鳥の動くちょっと先の辺りにねらいを定めるんだ。また戻《もど》って来るだろうから、先にウサギを狩りに行こう」

ミハイルが犬たちを自由にすると、六頭ともうれしそうに雪の上を転げ回って、じゃれ合っている。

ミハイルは猟銃《りょうじゅう》を肩《かた》にかけて森の中へ入っていき、四人も後に続いた。

アーニャとトーニャが、突然《とつぜん》ほえて走り出す。

ウサギが走り出てきた。

ミハイルは素早《すばや》く銃《じゅう》をかまえる。

「ダーン！」

銃声《じゅうせい》が森にひびきわたる。

アーニャがほこらしげに、たおれたウサギをくわえて戻《もど》ってきた。

それからもウサギを三羽捕《と》った。

ソリのところまで帰ってくると、また雷鳥《らいちょう》が戻って来ている。

「よし、今度は落ち着いて撃《う》ってごらん。鳥の動く少し先をねらうんだ」

「おれにやらせて」

鉄平《てっぺい》がゆっくりパチンコをかまえる。

飛ばした石は、見事に飛び立とうとした雷鳥に当たった。

「やったぞ！　やったやった！」

鉄平は大喜《おおよろこ》びだ。

今度はユーリが走っていき、雷鳥をくわえて戻ってきた。

ミハイルが獲物《えもの》を雪の上に並《なら》べて、手を胸《むね》の前で組み、ロシア語で何かブツブツ言っている。

「ミハイル、何を言っているの？」

良《りょう》太《た》が聞いた。

「神様に『この動物たちの命をいただくことをお許《ゆる》し下さい』って、お祈《いの》りしたんだよ」

「ふーん、いつもそうやって祈っているの？」

「そうだよ。さあ、昼の食事にしよう。ウサギと雷鳥の肉のごちそうだ」

ミハイルはソリに積んであったたきぎや石炭を降《お》ろして、たき火を始めた。

たき火の周りの雪がどんどん溶《と》けて、みんなで座《すわ》る場所ができた。

ミハイルがウサギの皮をはいで肉だけにする時、良太たちは、最初は見ていられなかった。

さっきまで元気に動いていたウサギたちがお腹《なか》をさかれている。

なんだか残酷《ざんこく》なことをしているような気がして、四人とも顔をそむけていた。

「君たち！　しっかり見ていなさい！　人間はこうやってほかの生き物の命をいただいて生きているんだ！」

ミハイルの大きな声に、良太《りょうた》たち四人はこわごわとミハイルの手元を見る。

肉をナイフでそいで、金属《きんぞく》の細い棒《ぼう》に通して火で焼く。雷鳥《らいちょう》も羽をむしって火であぶった。

良太たちは最初のうちはうまく手伝えないでいたが、だんだんなれてきて肉を上手にあぶれるようになってきた。内臓《ないぞう》は犬たちのエサになった。

「魚だって同じだよな……」

鉄平《てっぺい》がポツリと言った。

魚もまだ動いているものを料理するのだから。

「キヨちゃん、そっちの肉、こげちゃうよ！」

いつの間にか、良太は清《きよし》との気まずい雰囲気《ふんいき》を忘《わす》れたようになっている。

大自然の中で一緒《いっしょ》に行動していて、わだかまりが何だかちっぽけな、つまらないことのように思えたのだ。

焼きたての肉はおいしくて、ミハイルの持ってきたライ麦パンと一緒にお腹いっぱい食べた。

ところが、それまで真っ青だった空が灰色《はいいろ》に変わってきた。

雪がチラチラ降《ふ》り始めて、風も出てきている。

「天気が変わる。急いで帰る支度《したく》をしよう」

ミハイルの言葉に、四人はおどろいた。

「えっー？　もう帰るの？」

誠司《せいじ》が食べかけの肉を口からはなした。

「もうちょっといたいよ。ぼくも雷鳥取りたい！」

良太が不満そうに言うと、ミハイルは空を指さした。

「吹雪《ふぶき》になったら危《あぶ》ないんだ。さあ！　急ごう！」
ミハイルが犬たちをつないでいる間、良太《りょうた》たちは獲物《えもの》の肉や皮や道具をソリに運ぶ。
「ああ、また雷鳥《らいちょう》が来てる」
清《きよし》の声に良太がふり向くと、雷鳥が十羽くらい降《お》りている。
今ねらってパチンコで撃《う》てば、まぐれでも一羽くらい当たりそうな気がする。
良太は運んでいた荷物を下に置いて、ポケットからパチンコを出してかまえた。
すると雷鳥は一斉《いっせい》に飛び立ち、少しはなれたところにまい降りる。
パチンコをそっとかまえるとまた飛び立ち、少しはなれたところにまい降りる。
まるで良太をからかっているみたいだ。
何回かやっていると、雪が今までより激《はげ》しく降《ふ》るようになった。
雷鳥は全く見えなくなってしまった。
その時、良太はまわりにだれもいないことに気がついたのだ。

ぐるりまわりを見回してもだれもいない。

「おーい！」

良太は急に不安になってきた。

耳をすますと、

「良太ー！　良太ー！」

と呼《よ》んでいる声が聞こえる。

でも、どっちの方角から聞こえるのか、まわりが真っ白なのでわからない。

「おーい！　ここだよー！　だれか来てよー」

良太は半泣きになっている。

犬の鳴き声が近づいて来た。

降りしきる雪の向こうからナターシャとユーリが現《あらわ》れて、続いてミハイルの姿《すがた》が見えた。

「ミハイルー！」

良太《りょうた》はホッとして、かけ寄《よ》った。

ミハイルは、今まで見たことがないような厳《きび》しい顔をしている。

「良太！　勝手に一人で動くのはとっても危険《きけん》なんだよ！」

「ごめんなさい……」

ソリの場所まで戻《もど》ると、

「良ちゃーん！　良かったあ」

清《きよし》が良太に飛びついてきた。

「良太！　どこへ行っていたんだよ！　心配していたんだぞ！」

鉄平《てっぺい》と誠司《せいじ》もほっとしながらも、鉄平がおこった顔で言う。

「さあ、急ごう！」

ミハイルは六頭の犬たちをつなぐと、

「ハイヨー！」

とかけ声をかけた。

ソリは走り出したが、いくらも行かないうちに本格的《ほんかくてき》な吹雪《ふぶき》になってしまった。

「天気が回復《かいふく》するまで待とう。たしかこの辺の近くに営林署《えいりんしょ》の小屋があるはずなんだが……」

「ミハイル、大丈夫《だいじょうぶ》なの？」

良太は心細くなってきた。

ミハイルの毛皮の帽子《ぼうし》も防寒着《ぼうかんぎ》も真っ白になって、まつ毛まで白い。良太たちも真っ白になっている。

「わあ！　みんなじいさんみたいになってる」

鉄平がわざと元気に言う。

吹雪の向こうに、うすぼんやりと黒い建物のようなものが見えてきた。

「見てごらん。向こうに黒っぽくみえるだろう。あれがきっと小屋だよ」

ミハイルがふり返って言った。

「本当だ！　小屋だよ、小屋だよ！」

良太《りょうた》たちもほっとして大声でさけぶ。

そこを目指してソリを走らせると、木でできた小さな掘《ほ》っ立て小屋に着いた。

カギはついていない。

入り口に営林署《えいりんしょ》の看板《かんばん》がかけてある。

「中に入ろう。天気が回復《かいふく》するまでここで待つんだ」

ミハイルが四人をソリから降《お》ろし、犬たちとソリをつなぎ止めた。

小屋の中に入ると、真ん中が囲炉裏《*いろり》になっている。

「囲炉裏で火を燃《も》やそう。大丈夫《だいじょうぶ》！　すぐ暖《あたた》かくなるから」

ミハイルは小屋の土間に置いてあるまきを囲炉裏に入れて、紙と小枝《こえだ》にマッチで火をつけた。

火が赤々と燃え出す。

「わあっ！　あったかいなあ！」

四人は口々に言って、手をかざした。

せまい小屋が暖まってくると、みんな防寒着《ぼうかんぎ》をぬいで囲炉裏を囲《かこ》んだ。

「ミハイル、天気が夜までこのままだったらどうするの？」

誠司《せいじ》が心細そうに聞いた。

「天気が回復するまでここにいるよ。こういうときは、やたらに動いたりしたら危《あぶ》ないんだ」

ミハイルの言葉に四人とも心の中で、

（父さんや母さん、心配してるかな……）

と、そう思った。

外は真っ白で何も見えない。

犬たちは小屋の前に、大人しく伏《ふ》せている。

「良太が勝手に一人でどっかへ行っちゃって、出発がおくれたからだぞ！」

鉄平《てっぺい》が責《せ》めるように言う。

「ごめん……」

良太《りょうた》はうなだれた。

ミハイルが良太の肩《かた》を抱《だ》いて言った。

「いや、最初に君たちにこういう場所で行動する時の注意を、しっかりしておかなかった私《わたし》がいけないんだ。もう良太を責《せ》めないでくれ。それにすぐ出発したとしても途中《とちゅう》で吹雪《ふぶき》になったよ」

「ミハイルは今までも、こういうことがあったの?」

誠司《せいじ》が聞くと、ミハイルは大きくうなずいた。

「ああ、何度かあったよ。雪の穴《あな》をほって犬たちと一晩《ひとばん》寝《ね》たこともある。もうじき夜になるから今夜はここに泊《と》まるよ」

みんな、だまりこんだ。

それでも残りの肉を焼いて、パンをかじると四人とも元気が出てきた。

ミハイルが昔、お母さんから聞いたロシアの昔話をしてくれた。

「イワン王子とカエルの王女」の話。

「昔々、ある国の王様に三人の王子がいたんだ……」

カエルをお嫁《よめ》さんにした三番目の王子が、カエルの助けでつぎつぎ問題を解決《かいけつ》していく話で、カエルは実は、カエルの皮を着た美しい王女だったのだ。

「君たちも何か、日本《にほん》の昔話を聞かせて」

ミハイルに言われて誠司が「雪女」の話を始める。

「……雪女が小屋に入ってきて、眠《ねむ》っている猟師《りょうし》たちの顔に、フーッ！って息を吹きかけたんだって……」

「おっかねえー！　やめろー！」

鉄平《てっぺい》が耳をふさいでさわぎ出し、みんなで大笑いした。

「ちょうどいい。音楽会の練習をしようじゃないか」

ミハイルがそう言って「故郷《ふるさと》」から始めた。バラライカもハーモニカも持ってきていないので、ミハイルがハミングで伴奏《ばんそう》をつけてくれる。

清《きよし》の独唱《どくしょう》「アリラン」は一番が日本語で、二番は朝鮮語《*ちょうせんご》だ。

♪アリラン　アリラン　アラリヨ　アリラン峠《とうげ》を越《こ》えて行く♪
♪私《わたし》を捨《す》てて　行かれる方は、十里も行けずに足が痛《いた》む♪
♪아리랑《アリラン》 아리랑《アリラン》 아라리요《アラリヨ》 아리랑《アリラン》 고개로《ゴゲロ》 넘어간다《ノモガンダ》♪
♪청천하늘엔《チョンチョンハヌルエヌ》 별도《ピョルド》 많고《マンコ》 우리네《ウリネ》 가슴엔《ガスメン》 꿈도《クムド》 많다《マンタ》♪

清《きよし》のすんだ歌声が、吹雪《ふぶき》の山に流れて行く。

「ぼくね、〝清〟の他にもう一つ名前があるんだよ」

突然《とつぜん》、清がみんなの顔を見回しながら言った。

「えっ！　どういうこと？」

良太《りょうた》がおどろいて聞くと、鉄平《てっぺい》も身を乗り出した。

「名前が二つあるってことか？」

「うん。もう一つは朝鮮《ちょうせん》の名前」

「なんていうの？」

誠司《せいじ》も清を見つめる。

「キム・ユジュン。でも他の人には絶対《ぜったい》言わないでね。家の中だけで使うんだ。朝鮮の言葉を使っちゃいけないって決まりだからね。そう決められているから。でもいつか父ちゃんと母ちゃんのふる里へ行った時、親せきの人たちと朝鮮の言葉で話すんだ」

一九一〇（明治《めいじ》四十三）年に日本《にほん》と朝鮮は一つの国として、政治《せいじ》を行う政策《せいさく》がとられた。

一九三九（昭和《しょうわ》十四）年には朝鮮の人たちは、名前も日本人のような名前にして、言葉も日本語で話すようにさせられていた。

「父ちゃんはぼくが日本の学校へ入るから、最初から日本の名前にしておいたんだって。でも朝鮮の名前もつけておいたんだ」

「清のお父さんお母さんは、自分の国を大事に思っているんだ。清も朝鮮の国に行ってみたいだろう。私もできることなら、お父さんやお母さんがくらしていたロシアのモスクワに行ってみたいと思うよ。今はソ連《れん》になっていて無理だけどね」

ミハイルはやさしい目で清《きよし》に言った。

「清のお父さんは、いつごろ樺太《からふと》に来たんだい？」

「父ちゃんは十七歳《さい》の時、出かせぎで来たんだって。鉄ちゃんの父ちゃんの船で漁《りょう》師《し》していて、もとから樺太にいた母ちゃんと知り合って、ぼくが生まれたんだって言ってた」

風の音はますます激《はげ》しくなって、ときどき小屋がゆれる。

それでもくっつきあって話しているうちに、いつの間にか眠《ねむ》ってしまった。

「みんな起きなさい！　良い天気になったよ！」

ミハイルの声に四人が飛び起きて小屋の外に出てみると、太陽が昇《のぼ》り始めて雪がキラキラ輝《かがや》いている。

冷たい空気に、空もトドマツの木々もなにもかも、パリンパリンと凍《こお》っているみたいだ。

「さあ、出発だ！　みんな心配しているだろうから帰ろう！」

ミハイルはすっかり支度《したく》を終えていた。

犬たちもほえて尻尾《しっぽ》を思い切りふって、張《は》り切っているみたいだ。

昨日よりずっと速い速度でソリはすべる。

しばらくいくと雪原の向こう、遠く黒い点々に見えていたものが、だんだん近づいてくる。

それは大勢《おおぜい》の人だった。

「おおーい！　無事かあー！　鉄平《てっぺい》！　誠司《せいじ》！　良太《りょうた》！　清！」

「ここだよー！　大丈夫《だいじょうぶ》だよー！」

四人とも思い切り手をふった。

捜索隊《そうさくたい》の人々に囲《かこ》まれて、町の公会所に着くと家族や校長先生、佐山《さやま》先生まで来ている。

良太たちは照れくさかった。

ミハイルが集まっている人たちの前に進み出る。

「みなさん、ご心配をかけてすみませんでした！　急に天気が変わって吹雪《ふぶき》になったので、そのまま進むのは危険《きけん》だと思い、営林署《えいりんしょ》の小屋に泊《と》まって天気が回復《かいふく》するのを待ちました」

誠司《せいじ》のお父さんが、ミハイルの手をにぎって言った。

「ミハイル君、子供《こども》たちを無事に連れ帰ってくれてありがとう！　ご苦労さん！」

まわりから拍手《はくしゅ》がわきおこる。

四家族での帰り道、良太《りょうた》の母さんが疲《つか》れた顔で言った。

「でもやっぱり、こんな子供《こども》たちを狩《か》りに連れ出すなんて無理だったんじゃないかしら。昨日の夜は、いてもたってもいられなかったわ」

並《なら》んで歩いていた鉄平の母ちゃんが、良太の母さんの肩《かた》をポンと軽くたたく。

「奥《おく》さん、あたしら漁師《りょうし》の家はこんなこと何回もありましたよ」

鉄平の父ちゃんも言いそえた。

「奥さん、山も海も天気は変わりやすいんだ。危《あぶ》ねえ場面に出くわした時、どういう行動をとったらいいか、こいつら勉強したんだ。良い経験《けいけん》したってもんじゃないかね」
「そうでしょうか……」
「そうだよ。子供たちみんな無事に帰ったじゃないか」
良太の父さんは、鉄平の父ちゃんのことばに大きくうなずいた。

5▼さようなら、ミハイル

十二月も残りわずかになった。

みんなで、ミハイルの家で音楽会の招待状《しょうたいじょう》を作ることになった。

曲目と演奏《えんそう》の順番と演奏者を書き入れて、絵の具で星や飾《かざ》りも描《か》きいれた。

音楽会は年明けの一月七日。

良太《りょうた》は夕食の時に、招待状を両親の前に差し出した。

「パン屋のイリーナとか、ソーセージ屋のセルゲイも来るんだって。来てくれるでしょう？」

喜《よろこ》んでくれると思ったのに、両親は困《こま》ったような顔をしている。

「あのな、今は外国人が集まるところに行かないほうがいいんだ」

「どうして？　前に父さん、『ミハイルは良い男だ』って言ったじゃないか」

「今、日本《にほん》は外国と戦争中だから、外国人に対して厳《きび》しい見方をするようになってきているんだよ。学校の帰りにあまりコート店に寄《よ》り道するのもやめなさい」

「せっかくみんなで練習してきたんだ。音楽会には行ってもいいでしょう？」

「まあ、子供《こども》だけならいいか……」

翌日《よくじつ》、誠司《せいじ》や鉄平《てっぺい》に話すと、やはり親から同じようなことを言われたみたいだ。狩《か》りの時からそんなにたっていないのに、大人たちのミハイルへの見方が変わってきているみたいだ。

良太たちは学校の帰り、またミハイルの店に寄ってみることにした。

ところがこの日は、ミハイルコート店の様子がいつもとちがっていた。

入り口のドアがしっかりしまっていて『ミハイルコート』の看板《かんばん》がない。

「留守《るす》かなあ。また猟《りょう》に行ったのかもしれないぞ」

鉄平が店のとびらをもう一度押《お》してみるが、カギがかけてあるみたいだ。

「だけど、看板を外したことあったっけ？」

誠司《せいじ》の言葉に、みんな何となく不安になってきた。

「裏《うら》へ回ってみよう」

清《きよし》が走り出して、三人が後に続いた。

犬小屋へ近づくと、四頭の犬たちがうれしそうに鼻を鳴らしたり、ほえたりする。

「なんだ。アーニャたちいるんじゃないか。ミハイルは？」

清がほっとしたように言ったその時、裏の戸が開いてミハイルが顔を出した。

「ミハイル、どうしたの？　店閉《し》めていて」

「具合でも悪いのか？」

鉄平《てっぺい》も心配そうに聞く。

「君たち……。中に入って」

ミハイルはなんだか疲《つか》れたような顔だ。

うす暗い部屋に入ると、何だかすっかり片付《かたづ》いていて、大きな旅行カバンが二つ部屋の真ん中に置いてある。

「ミハイル、どこかへ行くの？」

清が心細そうに聞いた。

「明日、収容所《しゅうようじょ》へ入ることになった」

「収容所？　なんで？」

鉄平が大きな声を出した。

「日本《にほん》は今いろいろな外国と戦争をしている。だから樺太《からふと》にいる外国人はみんな収容所に入れられて、日本軍の目の届《とど》くところに置かれるんだ」

「じゃあ、あのパン屋のイリーナやソーセージ屋のセルゲイも？」

良太《りょうた》は提灯《ちょうちん》行列のときの、パン屋のイリーナの不安そうな顔を思い出した。

「そう。トルコ人もポーランド人もみんな。清の家は大丈夫《だいじょうぶ》なんだよ。朝鮮《ちょうせん》は日本の国が治めていて敵《てき》じゃないから」

ミハイルは青白い顔をしてだまっている清に、顔を向けて言った。

「音楽会はどうなるの？」

誠司《せいじ》が心配そうに聞く。

「残念だけどできなくなってしまった。君たちともしばらくお別れだね」

「アーニャたちはどうなるの？」

良太《りょうた》は、外でほえている犬たちのほうをふり返った。

「軍用犬*にするんだそうだ。明日一緒《いっしょ》に連れて行かれるらしい」

ミハイルの表情《ひょうじょう》が悲しそうだ。

「えーっ！　そんな……」

良太たちはあまりのことに、言葉が出ないでいる。

「戦争が終われば帰ってくるよな？」

鉄平《てっぺい》が確《たし》かめるように聞いた。

「もちろん！　また会おう！」

「あっ！　このハーモニカ返さなきゃ」

良太があわててポケットからハーモニカを取り出す。

「いいよ。そのまま持っていて。また一緒《いっしょ》に演奏《えんそう》出来る日がくるといいね」

「明日は何時に出発なの？」

誠司《せいじ》が聞いた。

「朝の七時に迎《むか》えが来るらしい」

「ここに見送りに来るよ」

誠司は三人に同意を求めるように、それぞれの顔を見た。

他の三人もうなずく。

「いや、来ないほうがいい。ここでお別れしよう」

ミハイルはそう言って、鉄平《てっぺい》、誠司、良太《りょうた》、清《きよし》の順に一人ずつしっかり抱《だ》きしめた。

帰り道、誠司がみんなの顔を見ながら言った。

「やっぱり明日見送りに行こう。七時出発って言っていたから六時だ。六時、神社前に集合しよう」

良太は家に帰って、夕飯の時ミハイルのことを話した。

「ミハイルが明日、収容所《しゅうようじょ》へ行っちゃうんだって。誠司たちと朝見送りに行くんだ」

良太の話を聞いた父さんと母さんは、顔を見合わせて渋《しぶ》い表情《ひょうじょう》になった。

「やっぱりそうか。外国人が収容所に行くうわさは聞いていたんだ。良太、見送りに行くのはやめなさい」

父さんが言うと、母さんも同意するようにうなずいている。

「どうして？　しばらく会えなくなるんだよ」

良太は納得《なっとく》できない。

「たぶん、警察《けいさつ》や軍が迎えに行くと思うから、子供《こども》が行くような雰囲気《ふんいき》じゃないよ」

父さんの言葉に母さんも、

「そんなところへ行くなんてこわくないの？　やめなさい。きっと誠司君たちも同じようにお家でいわれているわよ」

と強く言う。

でも良太《りょうた》は翌朝《よくあさ》、まだ暗いうちにこっそり家を出た。

しっかりえり巻《ま》きと耳当てもしたが空気は冷たく、指先が痛《いた》い。

集合場所にはもう三人が来ていた。

「良太、おっせえなあ。来ねえかと思った」

鉄平《てっぺい》に言われてしまった。

「ごめん！　見送りを反対されて、こっそり出てきたんだ」

「ぼくの家も同じだよ」

誠司《せいじ》も反対されたらしい。

「おれはだまって出てきた」

鉄平と清《きよし》は、親に話さなかったそうだ。

四人そろってツルツルに凍《こお》った道を通りながら、ミハイルの家へ急ぐ。

長ぐつにはしっかり荒縄《＊あらなわ》をまいてすべり止めにしてあるが、それでも転びそうになる。

辺りはまだ暗く、雪がけむりのようにまう町の通りは、しんと静まり返っている。

風の音だけがヒュウヒュウと鳴る。

そのとき、遠くに犬のほえる声が聞こえてきた。

「アーニャたちだ！　急ごう！」

鉄平が、おくれがちな良太と清をせかす。

近づくにつれて鳴き声は激《はげ》しくなる。

ミハイルコート店への曲がり角へきた時、何人もの警官《けいかん》や*憲兵《けんぺい》がいるのが見えて四人は足を止めた。

軍用トラックが三台止まっている。

「もう来ているんだ！　かくれよう！」

誠司が小声で言って、急いで大きな防《ぼう》火《か》用《よう》水桶《みずおけ》の後ろにかくれた。

そっと見ていると、ちょうどミハイルが家から出て、トラックの荷台に乗るところが見えた。

「あっ！　ミハイルだ！」

清《きよし》が小さな声を出した。

トラックがゆっくり動き出す。

二台目のトラックの荷台にミハイルは乗っているみたいだ。

良太《りょうた》たちは立ち上がって、トラックの近くに行こうとする。

トラックが角を曲がる時、荷台の幌《＊ほろ》がゆれて中が少し見えた。

パン屋のイリーナが良太たちに気が付いたみたいだ。

ミハイルに知らせてくれたらしい。

ミハイルが幌から顔を出して、良太たちに無言で手をふった。

四人も必死に手をふり返した。

三台目は荷台に檻《おり》があって、中にはアーニャとトーニャ、ナターシャとユーリが入っていて、くるったようにほえている。

四人の前をトラックが通り過《す》ぎた。

清が突然《とつぜん》、トラックの後を追って走り出した。

良太たち三人も後を追う。

トラックは広い通りに出ると、スピードを上げた。

トラックの列が見えなくなると、凍《こお》りついた白い道路に清がたおれこんだ。

「ウワーッ！」

清は大声で泣き出した。

今まで見たこともない激《はげ》しい泣きかたに、良太たちはおどろきながらも自分たちも一緒《いっしょ》になって泣いた。

6▼アーニャとトーニャ

一九四三（昭和《しょうわ》十八）年三月、良太《りょうた》たちは国民学校を卒業した。

国民学校を六年間で卒業して、国民学校の高等科（二年間）に進む者と中学（五年間）に進む者に分かれていた。

女子は女学校（四年間）だ。家の事情《じじょう》で働きに出る者もいる。

良太と清《きよし》は、真岡《まおか》の中学に進学した。

となりに住んでいる秀夫《ひでお》さんが、獣医《じゅうい》学校が休みで自宅《じたく》に帰っている時、こんなことを言っていた。

「良太、中学受験の口頭試問の時、尊敬《そんけい》する人物を聞かれるから考えておけよ。『父親です』なんて言っちゃだめだぞ。*楠木正成《くすのきまさしげ》か*西郷隆盛《さいごうたかもり》にしておけ」

良太はそれを覚えていたので、試験の時「西郷隆盛」と答えておいた。

誠司《せいじ》は中学入学の年に北の方の炭鉱《たんこう》の町、塔路《とうろ》に引っ越《こ》して行き、塔路の中学に通っている。

誠司のお父さんが、塔路の総合《そうごう》病院に勤《つと》めることになったからだ。

鉄平《てっぺい》は国民学校の高等科へ進み、兄ちゃん二人が召集《しょうしゅう》されて戦地へ行っているため、もう父ちゃんの船に乗って漁に出たりもしている。

五月には「*アッツ島玉砕《とうぎょくさい》」を新聞やラジオが感動的に報道《ほうどう》していた。父さんは、

「つまり全滅《ぜんめつ》ってことさ」と言っている。

*内地では生活物資《ぶっし》がかなり不足しているらしい。

父さんの信州《しんしゅう》の実家から、魚の干物《ひもの》やかんづめを送ってほしい、と手紙が来るみたいだ。

九月には同盟国《どうめいこく》だったイタリアが降伏《こうふく》したと報道された。

良太たちは、「日本《にほん》はがんばっているのに弱えなあ！」と言い合った。

十二月には、兵士《へいし》になって戦場へ行く義務《ぎむ》を猶予《ゆうよ》してもらっていた大学生たち

も、戦場へかり出されるようになった。

翌年《よくとし》一九四四（昭和《しょうわ》十九）年五月には、樺太《からふと》全島あげてジャガイモなどを植える運動が実施《じっし》された。

樺太はもともと食料などの備蓄《びちく》はしっかりできてはいたが、もし敵《てき》に宗谷海峡《そうやかいきょう》を封鎖《ふうさ》されたら孤立《こりつ》する。そのときのための備《そな》えだそうだ。

このところ良太《りょうた》たちは、松の根やマツ科の樹木《じゅもく》から採《と》るテレピン油（松根油《しょうこんゆ》、松精油《しょうせいゆ》）を作る林産油工場での勤労奉仕《*きんろうほうし》が多い。

松の根っこは、国民学校の生徒の勤労奉仕で集められている。

テレピン油はガソリンにまぜて、戦闘機《せんとうき》の燃料《ねんりょう》にするのだ。

一日の仕事も終わり、良太が工場の門で清《きよし》を待っていると、清はかけ足で来た。

「待たせたな！　やっと油の缶《かん》を運び終わったよ。良太たちはどこの仕事場だった？」

「松ヤニを水蒸気蒸留《すいじょうきじょうりゅう》するボイラーのところにいたんだけど、においがたまらなかったよ。具合悪くなりそうだった」

良太は胸《むね》をさすりながら、清に顔をしかめてみせた。

清は、ゆううつそうに言う。

「明日は朝から浜辺《はまべ》で軍事演習《えんしゅう》だな。おれは勤労奉仕のほうがまだいいや。明日は*青年学校の連中と戦うんだろ？　あいつら勢《いきお》い良いから負けないように大声出して突《つ》っ込《こ》まなきゃ、後でまた配属将校《はいぞくしょうこう》（各学校に一人配属された軍人）にしごかれるぞ」

清は戦うしぐさをしながら言う。

「あの配属将校は、清に目を付けてわざと厳《きび》しくしてるよな。このあいだもお前、銃《じゅう》を抱《かか》えてのほふく前進を何度もやり直しさせられていたじゃないか。あれってわざとだよな」

良太が同情《どうじょう》するように言うと、

「おれが朝鮮人《ちょうせんじん》だから特に厳しくしているんだろ。どんな訓練のときでも、いつも

必ずやり直しさせられるよ」
清《きよし》はあきらめの表情《ひょうじょう》でこたえた。
話しながら市庁舎《しちょうしゃ》の掲示板《けいじばん》の前まで来ると、清が足を止めた。
「欲《ほ》しがりません勝つまでは」のビラの横にはってある新しい張《は》り紙。
「おい！　良太《りょうた》、これ……」
張り紙の前を通り過《す》ぎた良太を、清が呼《よ》び止めた。

脱走《だっそう》犬あり。
軍用犬二頭が上敷香《かみしすか》の兵舎より脱走し、真岡《まおか》の街中をうろついている模様《もよう》。
目撃者《もくげきしゃ》は直ちに届《とど》け出ること。
種類ー樺太《からふと》犬　色ー黒で首回りと足の先が白　もう一頭は全身灰色《はいいろ》

張り紙にはそう書いてある。

「もしかして……」

清が言い終わらないうちから、良太がさけんだ。

「ミハイルの家に行ってみよう！　あの犬たちなら家に戻《もど》っているかもしれない」

二人はミハイルの家に走った。

ミハイルを見送った日から、ずっと行くことはなかった家だ。

裏《うら》へ回ってみると、スズランのさわやかな香りがして、白い花がずっと向こうの丘《おか》まで続いている。

六月の風に、白樺《しらかば》のやわらかな緑の

葉もゆれている。

裏口《うらぐち》を見るとカギがこわされていて、少しとびらがあいていた。

良太《りょうた》と清《きよし》はそっと中に入っていった。

「ああ……」

良太と清の目に入って来たのは、ホコリをかぶったミハイルのミシンや作業机《さぎょうづくえ》だ。

何着かのコートや、作りかけの毛皮もそのままになっている。

「おい！　見ろよ！」

清の指さす床《ゆか》を見ると、犬の足跡《あしあと》がある。

「やっぱりそうだ。帰っていたんだ」

清が確信《かくしん》するように言ったその時、「ウーッ！」と低くうなる声がした。

ふり返ると、二頭のやせた樺太犬《からふとけん》が、今にも飛びかかりそうにかまえている。

全身よごれて色ははっきりしないが、耳の形や顔つきでわかった。

「アーニャとトーニャだろ？」

良太が呼《よ》びかけた。

「おれたちだよ。忘《わす》れたか？」

清も呼びかける。

良太は急いで、いつもポケットに入れてあるハーモニカを取り出して、「故郷《ふるさと》」の曲を吹《ふ》いた。

すると二頭の犬が、クンクン鼻をならして寄《よ》ってくるではないか。

「やあ！　覚えてくれていたんだ！」

二人はしっかり二頭を抱《だ》きしめた。

「こんなにやせちまって……」

良太は、胸《むね》がいっぱいになった。

「鉄平《てっぺい》にも知らせよう！　エサを持ってきてやらなきゃ」

清が思いついたように言う。

「お前たち、外をうろついちゃだめだぞ！　つかまっちまうからな」

良太《りょうた》は、犬たちの顔を両手ではさんで言い聞かせた。

良太と清《きよし》は港へ走った。

鉄平《てっぺい》はちょうど船から降《お》りてきたところだ。

ゴムの長いエプロンをかけて、ゴム長ぐつをはいてまったく漁師《りょうし》に見える。

「鉄平！　ミハイルの犬たちが帰って来ているんだ！」

良太が大声で言うと鉄平はおどろいたようにかけ寄《よ》ってきた。

「本当か？　ミハイルの家に？」

「ガリガリにやせているんだ。何かエサになるものないかな」

清が言うと鉄平は、バケツにいっぱい魚を入れてきた。

三人でまたミハイルの家に急ぐ。

二頭はまたいなくなっていたが、良太《りょうた》がハーモニカを吹《ふ》くとすぐに現《あらわ》れた。

鉄平が魚の入ったバケツを置いてやると、アーニャとトーニャは夢中《むちゅう》で食べ出した。

「これからは毎日おれが魚を持ってきてやるからな。おれが船に乗っているときは良太と清で運んでくれ」

鉄平はやせた二頭の背中《せなか》をなでながら言った。

次の日から良太と清は、毎日学校の帰りや工場の帰りに、こっそりとミハイルの家に寄るようになった。

犬たちはいつもどこかへ行っているのだが、良太がハーモニカを吹くとどこからともなくやって来る。

「お前たちさあ。あんまり動きまわるなよ。エサを持ってきてやっているだろ。見つかったらめんどうなんだから」

良太は戻《もど》ってきた犬たちに、言い聞かせるように言う。

「なあ、もしかしたらアーニャとトーニャは、ミハイルをさがし歩いているんじゃないかな……」

清に言われて、良太もそんな気がした。

アーニャとトーニャは、ミハイルに会いたくて命がけで帰って来たのだろう。

「お前たち、ミハイルは遠くに行っちゃっているんだぞ。だからさがしてもいないんだ」

そう言って聞かせても、わかるはずもない。

アーニャとトーニャはちょっと首をかしげて、舌《した》をだらんとさせて良太《りょうた》を見つめるばかりだ。

十日ぐらいすると、二頭の犬のやせた体がふっくらしてきて、毛並《けな》みにもつやがでてきた。

この日は鉄平《てっぺい》の持ってきたエサの魚を食べて横たわっている、アーニャとトーニャを鉄平、良太、清《きよし》がゆっくりなでている。

その時だった。

「いたぞー！」

突然《とつぜん》、戸口のほうで大きな声がした。

バラバラと十人くらいの兵士《へいし》と警察官《けいさつかん》たちが、三人と二頭を囲《かこ》む。

「お前たちここで何をしている？　その犬は危険《きけん》だ！　はなれろ！」

警察官が大声を出した。

すると「ウーッ！」と、アーニャとトーニャがうなり出す。

「待って下さい！　おれたち、この犬知っているんです。大丈夫《だいじょうぶ》ですから」

鉄平が両手をあげて説明しようとするのを、指揮官《しきかん》らしい兵士がさえぎった。

「その犬たちは軍用犬だが何度も脱走《だっそう》してなかなか捕《つか》まらなかったんだ。ここまでの間に漁場をあらしたり、飼《か》い犬をかみ殺《ころ》したり、人にもかみついているんだぞ！」

「でもぼくたちを覚えていました！　言うこともききます！」

良太も必死にうったえた。

兵士たちは銃《じゅう》をかまえている。

「撃《う》たないで下さい！　お願いです！」

清も両手を広げて、犬たちの前に立った。

「そこをどけ！　犬からはなれろ！　命令だっ！」

指揮官《しきかん》はにらみつけながら、銃《じゅう》の引き金に指をかけた。

「ウーッ！」

アーニャとトーニャは、とびかかる姿勢《しせい》になっている。

「お前たち、*公務執行妨害《こうむしっこうぼうがい》だぞ。名前を聞くからちょっとこっちにこい」

年配の警察官《けいさつかん》が少しやさしい言い方になった。

良太《りょうた》たちはなんとかアーニャたちを助けてもらいたくて、年配の警察官のそばに寄《よ》ったその時だ。

「撃《う》てー！」

ダーン！　ダーン！　ダーン！

兵士《へいし》たちのかまえた*三八式歩兵銃《ほへいじゅう》から、一斉《いっせい》に火が噴《ふ》いた。

とびかかろうとしたアーニャとトーニャの体は少し浮《う》き上がり、「ドーッ！」と音をたててたおれた。

良太と清《きよし》、鉄平《てっぺい》は声も出せず、立ちつくしている。

その前を、アーニャとトーニャは引きずられていった。

しばらくして三人だけになると、涙《なみだ》が後から後からわいてでてくる。

「ちくしょうっ！　ちょくしょうっ！」

鉄平はこぶしで床《ゆか》をたたき続けている。

「せっかく自分の家に帰って来たんじゃないか……」

良太はくやしくてたまらない。

「ミハイルにあいたくて遠くから帰って来たのに……」

清はころがっていたエサのバケツをだきしめた。

辺りはうす暗くなり、白樺《しらかば》の幹《みき》が白く浮かび上がっていた。


一九四五（昭和《しょうわ》二十）年になると、日本《にほん》本土の都市は連日のように空襲《くうしゅう》があるようになった。

三月十日は、首都東京《とうきょう》の下町が焼け野原になったらしい。

中学も五年生まであったのが、昭和《しょうわ》十九年から四年生までとなった。

この四月から中学三年になる良太《りょうた》も清《きよし》も、再来年《さらいねん》三月には卒業だから進路を考えなければと思う。

三月の空気はまだまだ冷たい。勤労奉仕《きんろうほうし》も連日でつらいものがある。

良太が工場での勤労奉仕から戻《もど》ると、玄関《げんかん》に軍人用のくつがぬいである。

「めずらしい方が見えているよ」

母さんがにしんの粕漬《かすづ》けの入ったお皿をもって、顔を出した。

「飯岡中尉《いいおかちゅうい》さん？」

良太は客間へ入る。

「いらっしゃい」

「やあ、良太君。中学はどうだ？」

「毎日林産油工場へ勤労奉仕に行っています。ところでおじさん！　去年、上敷香《かみしすか》

から脱走《だっそう》した軍用犬がいたでしょう？」

良太は飯岡中尉の顔を、にらむように見た。

「ああ、そういえばそんな話聞いたな。全然なつかなくて脱走ばかりくり返していたみたいだぞ」

飯岡中尉は、良太のとがめるような言い方にとまどっている。

「その犬たち、どうなったかおじさんは知ってるの？」

良太は飯岡中尉につめ寄《よ》る。

「つぶして食っちゃうって聞いたぞ。殺処分《さつしょぶん》されたんじゃなかったかな」

飯岡中尉は思い出すように言った。

「ぼくたちが可愛《かわい》がっていた犬だったんだ。殺《ころ》すことないじゃないか！」

「そうだったのか……」

「まあまあ、良太。久《ひさ》しぶりの飯岡さんに失礼じゃないの」

母さんは良太の勢《いきお》いにおろおろして止めようとしている。

「飼《か》い主のミハイルのところに戻《もど》りたかったんだよ……。ところでおじさん、外国人の収容所《しゅうようじょ》ってどこにあるの？」

良太《りょうた》は少し落ち着いてきた。

「亜庭湾《あにわわん》のほうだ。だけど収容所といっても、そんなに厳《きび》しい状態《じょうたい》じゃなくてゆるいはずだ。いちおう軍の監視下《かんしか》に置かれているけどね」

そこへ父さんも帰って来た。

「飯岡《いいおか》！　久《ひさ》しぶりだなあ！　出張《しゅっちょう》か？」

「五月には司令部が上敷香《かみしすか》から豊原《とよはら》に移《うつ》るんだ。その準備《じゅんび》。奥《おく》さんのにしんの粕漬《かすづ》けが食べたくて、ちょっと足を伸《の》ばして来た。今、良太《りょうた》君に犬のことでおこられていたんだ」

「泊《と》まっていけるんだろう？」

「そうもしていられないんだ。それから家族を内地へ帰すことにした」

「えっ！　内地は年中空襲《くうしゅう》があるらしいし、食うものもだいぶ不足しているみたい

じゃないか」

「うん……。だけど家内は体が弱くて樺太《からふと》の寒さはきついらしい。内地の家族のそばに居《い》てくれたほうがおれも安心だ」

「そうか……。もしかして戦況《せんきょう》が厳しいのか？」

飯岡中尉《ちゅうい》は、不安そうに聞く父さんの問いには答えず、粕漬けをほうばる。

「おじさん、このごろ日本軍《にほんぐん》の戦闘機《せんとうき》をぜんぜん見なくなったよ」

良太は聞いてみた。

「南方が重要な戦場になっているから、みんな南方戦線へ行っているんだよ」

飯岡中尉が、良太と父さんの顔を見ながら言う。

「だけどたまに、戦闘機より高く飛んで、北の方から来て海の方へ飛んで行く飛行機があるよね。あれはどういう飛行機なの？」

良太はまた聞いてみた。

飯岡中尉は良太の質問《しつもん》には答えず、はしでにしんの粕漬けを口にほうりこんだ。

しばらく父さんとお酒を飲みながら、子供《こども》のころの思い出話をしていたが、

「また来れたらくるよ。奥《おく》さんありがとう。良太《りょうた》君。勉強もがんばれよ」

とそう言って、玄関《げんかん》で敬礼《けいれい》の姿勢《しせい》をとって帰って行った。

また北緯《ほくい》五十度国境線《こっきょうせん》の近くに戻《もど》って行くのだろう。

このころはまだ、上空高く飛んで来る大型《おおがた》の飛行機が、ソ連《れん》の偵察機《ていさつき》だなどと良太たちは思ってもみなかった。

一九四五（昭和《しょうわ》二十）年四月初めに、突然《とつぜん》ソ連が*中立条約《じょうやく》を延長《えんちょう》しないと通告《つうこく》してきて、樺太《からふと》に危機感《ききかん》が広がった。

六月には市町村*義勇隊《ぎゆうたい》や職場《しょくば》義勇隊、学徒隊が編成《へんせい》されて、良太たちも学生から隊員になって、訓練が七月まで続いた。

節子《せつこ》姉さんは今年女学校を卒業して製紙《せいし》会社に就職《しゅうしょく》している。樺太にいくつもある大きな会社だ。姉さんも職場から訓練に参加した。

ソ連の動きが活発になっていて、いつ国境《こっきょう》を越《こ》えて攻《せ》めて来るかと、だれもが不

安に思うようになっていた。

八月六日、広島《ひろしま》に大型爆弾《おおがたばくだん》が投下され、続いて九日、長崎《ながさき》にも投下されたらしい。そして長崎に大型爆弾が投下される前日の八月八日、ついにソ連が日本《にほん》に対して宣戦《せんせん》を布告《ふこく》してきた。

国境線を越えて、樺太に侵攻《しんこう》して来たのだ。

八月十三日には樺太長官からの通達で、六十五歳以上《さいいじょう》の老人、女性《じょせい》、十四歳以下《いか》の子供が優先《ゆうせん》で、内地への緊急疎開《きんきゅうそかい》が始まった。

真岡《まおか》、大泊《おおとまり》、本斗《ほんと》の三つの港に、ありったけの船が集められた。

北からの避難民《ひなんみん》がつぎつぎ押《お》し寄《よ》せてきて、町はまたたくうちに人でいっぱいになった。

八月十四日、夜おそく帰った父さんが家族を集めて言った。

「お前たちも今のうちに内地に疎開*をしておけ。先日西海岸の恵須取《えすとり》の町に空襲《くうしゅう》があったそうだ。ここだっていつ攻撃《こうげき》されるかわからない。信州佐久《しんしゅうさく》のおれの実家へ先に行っててくれ」

母さんは、強く首を横にふった。

「行くならお父さんも一緒《いっしょ》じゃなきゃいやですよ。私《わたし》は信州《しんしゅう》に行ったことがないんだから」

「飯岡《いいおか》はいいときに家族を帰したな……」

父さんがつぶやくように言った。

7 ▼ 戦争に負けた

一九四五（昭和《しょうわ》二十）年八月十五日。

お昼ごろ、重大な放送があるということで良太《りょうた》たちは学校に行った。

父さんと節子《せつこ》姉さんは職場《しょくば》で、母さんはとなりの伊藤《いとう》さん夫婦《ふうふ》とラジオを聞くという。

校庭に整列して聞いたラジオの放送は、天皇陛下《てんのうへいか》直々《じきじき》のお言葉のようだったが、雑音《ざつおん》が多くてよく聞き取れない。

先生方の表情《ひょうじょう》に動揺《どうよう》が走っている。そのうちに、

「どうも日本《にほん》は戦争に負けたらしい……」

ということが、校庭で並《なら》んでいる良太たちにまで、さざなみのように伝わってきた。

予想を全くしていなかったわけではなかったが、やはり良太には大きなショック

だった。

その後は、校長先生の言葉もよく覚えていない。

帰り道、青い晴れわたった空を見上げながら、

「もう、軍事教練も勤労奉仕《きんろうほうし》もやらなくていいんだよな」

清《きよし》が明るい声で言った。

「うん……。だけどこれから日本《にほん》はどうなるんだろう？」

良太《りょうた》はそれも気になることだ。

家に帰ると、となりの伊藤《いとう》さん夫妻《ふさい》と母さんが、緊急《きんきゅう》の回覧板《かいらんばん》を持って話している。

樺太《からふと》長官の指示《しじ》が、各市町村に緊急通達で出されたそうだ。

「日本は負けて、ソ連軍《れんぐん》が南下してくるから家の軒先《のきさき》に白い旗と赤い布《ぬの》をかかげて外出しないように」

その日、父さんは疲《つか》れた様子でおそくなって帰って来た。

家族を集めて座《すわ》らせ、かたい表情《ひょうじょう》で口をひらいた。

「しばらく家に戻《もど》れないと思う。軍に関係したものはすべて処分《しょぶん》するように命令がきて、その作業を終わらせなきゃならないんだ。ソ連軍が来ないうちに三人で信州《しんしゅう》へ疎開《そかい》してくれ」

「お母さん、大丈夫《だいじょうぶ》！　私《わたし》と良太がついているじゃない。なんとかなるわよ」

節子《せつこ》姉さんが、首を横にふっている母さんをはげますように明るく言った。

「節子、良太と二人で母さんをたのむ」

父さんに頭を下げられて良太は、（男のおれががんばらなきゃ……）とそう思った。

翌日《よくじつ》父さんは暗いうちに起きて、工場に向かった。

鉄平《てっぺい》と清が、良太の家にやって来た。

「良太。明日、おれの家の漁船《ぎょせん》で避難《ひなん》するけど一緒《いっしょ》に乗って行かないか？　あと二、三人なら乗れるぞ」

清《きよし》もそばから言う。

「うちも両親と妹、弟を乗せてもらうんだ。良太《りょうた》行こう！」

三人は、良太の母さんに知らせた。だが母さんは、首を横にふる。

「父さんを残しては行けないわ。ごめんね」

「おばさん！　ソ連《れん》が来ないうちに逃《に》げたほうがいいよ！」

清も一生けんめい説得《せっとく》するが、母さんは承知《しょうち》しない。

「鉄平《てっぺい》君も清君もありがとうね。うちはもう少しお父さんを待ってみるわ。気を付けて行ってね。無事に北海道《ほっかいどう》に着けるように祈《いの》っている！」

良太が鉄平の漁船《ぎょせん》を見送りに行くと、港は避難民《ひなんみん》であふれている。

鉄平の船が出航《しゅっこう》していくと、良太はなんだか取り残されたような、心細い気持ちになった。

駅の方を見ると貨物列車が出て行くところで、屋根のない荷物用の貨車に、人が鈴《すず》なりになって乗っていく。

真岡《まおか》からの船に乗れない人たちが、大泊《おおとまり》の港まで行くようだ。

節子《せつこ》が職場《しょくば》から息を切らせて帰って来た。

「塔路《とうろ》にソ連軍が上陸して、攻撃《こうげき》しているんですって！」

良太はとっさに誠司《せいじ》のことを思った。

（誠司の家は大丈夫《だいじょうぶ》かなあ……）

誠司が塔路へ引っ越《こ》していってから、長い休みのときには鉄平や清と泊《と》まりに行ったり、向こうからも来たりしている。

ずっと友達の関係は続いていた。

白髪《しらが》頭の*国民服姿《すがた》の区長がやってきた。

「もし敵《てき》が来たとき、攻撃されないように白旗をかかげておいて下さい」

区長に言われて、良太は物干《ものほ》しざおに白い布《ぬの》をしばりつけてかかげた。その潮風《しおかぜ》にゆれる白旗を見て、良太は改めて、

（ああ、本当に日本《にほん》は負けたんだな……）

と、そう思った。

「避難《ひなん》命令が出たから、用意ができ次第波止場に集合して下さい。区ごとに乗船します」

また区長が来て、告《つ》げていった。

しかし伊藤《いとう》さん夫婦《ふうふ》と一緒《いっしょ》に波止場に行ったが、あまりに大勢《おおぜい》の人で、いつ乗船できるかわからない。

いったん家に帰ることにした。

八月十九日、父さんが家に帰って来た。

ひげが伸《の》びて、頭の毛もボサボサだ。

わずかな間に、なんだか老けてしまったように見える。

「お前たちまだ避難していないのか。明日こそ船に乗れよ」

ちょっとおこったような顔をしたが、家族に会えてうれしそうだ
「お父さんも一緒に行けないの？」

良太《りょうた》は母さんの気持ちを思って確《たし》かめた。

「おれは、社員が全員避難《ひなん》したことを確認《かくにん》してから避難するから。明日はしんぼう強く、乗船できるまで港で待つんだ」

久《ひさ》しぶりに家族全員で、食卓《しょくたく》を囲《かこ》んだ。

大根のみそ汁《しる》と鮭《さけ》のかんづめの食事。

このまま何事もなく、今まで通りの生活が続かないのだろうか。

残りのご飯はにぎり飯にして避難用のリュックに入れ、まくら元に置いて良太は眠《ねむ》りについた。

その日はついにやってきた。

八月二十日、朝から濃い霧《こきり》がたちこめていた。

父さんは五時ごろ起きて、会社へ行くという。

「こんなに早く行くんですか？」

「なんか気になる。お前たち、今日こそ汽車か船に乗るんだぞ」

母さん、節子《せつこ》、良太は並《なら》んで、霧の中に消えて行く父さんを見送った。

「お父さーん！　できるだけ早く私《わたし》たちを追いかけて来て下さいねー！」

母さんが父さんの後ろ姿《すがた》に声をかけた。

霧に吸《す》いこまれるように消えた父さんの向こう、港の方に黒っぽい影《かげ》のような物が浮《う》かび上がってきた。

良太は目をこらして見る。

「あれ？　あれはなんだ？」

霧が次第に晴れてきた。

「うわあー！　ソ連軍《れんぐん》だあ！」

水平線に並ぶのはおびただしい数の軍艦《ぐんかん》だ。砲門《ほうもん》を町の方に向けているように見える。足がふるえてきた。

「大砲を撃《う》ってくるのかな……」

三人でじっと見守っていると、突然《とつぜん》ものすごい音とともに、砲門から火が噴《ふ》き出した。

あわてて家の中に戻《もど》り二階から波止場を見ると、上陸用船艇《せんてい》が次々とやって来てソ連兵《れんぺい》がどんどん上陸している。

伊藤《いとう》さん夫婦《ふうふ》が転がるようにやって来た。

「大変だ！　ひとまず防空壕《*ぼうくうごう》へ入ろう！」

伊藤さんの指示《しじ》で、みんな防空壕へ移動《いどう》する。

昨年の夏、伊藤さんと父さんと良太《りょうた》で、念のためにほっておいた防空壕。

まさか実際《じっさい》に使うようになるとは思わなかった。

「ズッシーン！」という地響《じひび》きと「パーン、パーン！」というかわいた音。

それに玉が飛んで来るような「ヒューーッ！」という音が、絶《た》え間なく防空壕の中まで聞こえてくる。

しばらくして、銃撃《じゅうげき》の音が遠のいた。

「お父さん、大丈夫《だいじょうぶ》かしら……」

母さんがふるえた声で、心配そうに言った。

改めて町がどのような状況《じょうきょう》にあるのか気になる。

伊藤さんが防空壕のふたを、少しひらいてみた。

「よし！　ちょっと様子を見てくる」

「おじさん！　おれも一緒《いっしょ》に行くよ」

良太も伊藤さんの後に続いた。

「気を付けてよ！」

節子《せつこ》が後ろから声をかける。

二人でそっと大通りまで出てみると、道ばたに撃《う》たれて、たおれている人の数が増《ふ》えてきた。

建物にかくれながら港の方を見ると、大勢《おおぜい》の人が手をあげて並《なら》ばせられている。

そのうちに、火炎放射器《かえんほうしゃき》を持ったソ連兵が、真岡《まおか》の町並《まちな》みを焼き始めた。

「良太君！　まずい！　戻ろう！」

二人が戻《もど》る時、自宅《じたく》の近くで危《あや》うくソ連兵《れんへい》とはち合わせしそうになった。

「もうこんなところまで来ている。急ごう！」

音を立てないように防空壕《ぼうくうごう》へ戻ると、伊藤《いとう》さんが決心したように言った。

「もう港や駅からの脱出《だっしゅつ》は無理だ。山を越《こ》えて豊原《とよはら》まで行こう。あそこは海岸からはなれているし、軍の総司令部《そうしれいぶ》もある」

「山を越えて豊原までなんて無理ですよ。私《わたし》は歩けない……」

おばさんは泣きそうになっている。

「ここが見つかるのも時間の問題なんだ。やつらは町を焼き始めているんだぞ！」

伊藤さんはおばさんに強く言った。

「おばさん！　そうするしか助かる道はないの。がんばって行きましょう！」

節子《せつこ》はおばさんの手をにぎった。母さんもおばさんの肩《かた》を抱《だ》いている。

「節ちゃん、良太君も奥《おく》さんも聞いてくれ。一昨年、もしものときのために真岡《まおか》から豊原までの避難《ひなん》林道、豊真山道《ほうしん》を作ってあるんだ。この裏山《うらやま》を越えて沢《さわ》に出れば、そこから豊真山道に出られる」

「伊藤さん！　わかりました！　ついて行きますからお願いします」

節子がきっぱり答えた。

辺りをうかがって防空壕からそっと出ると、空はまぶしいくらいに晴れわたっている。

また砲声《ほうせい》や銃声《じゅうせい》が始まった。耳をつんざくくらいだ。

裏山は逃《に》げる人でいっぱいだ。

その人々をねらって、絶《た》え間なく銃をあびせてくる。

「身を低くしろ！」

伊藤さんのさけぶ声もよく聞き取れない。

前を行く人、後ろに続く人がバタバタたおれていく。

ちょっと後ろをふり向くと、鉄道の線路に機銃《きじゅう》がずらりと並《なら》んで、こちらに向けて火を吹《ふ》いているのが目に入った。

身の周りにも「ヒューン、プシュ！　ヒューン、プシュ！」の音がして、銃弾《じゅうだん》が地面に突《つ》きささる。

ただ夢中《むちゅう》で上まではい上った。

やっと上まで来て、転げ落ちるように沢《さわ》まで降《お》りる。

銃弾は届《とど》かなく、音だけになった。

良太《りょうた》はそこで初めて、家族や伊藤《いとう》さん夫婦《ふうふ》の無事が気になった。

見回すと、近くに四人とも座《すわ》りこんで、ハアハアと肩《かた》で息をしている。

伊藤さんを見ると、伊藤さんの腕《うで》が血で赤い。

「おじさん！　腕から血が！」

良太がおどろいてさけぶ。

おじさんは今、気がついたようだ。

「大丈夫《だいじょうぶ》。玉がかすっただけだよ」

おばさんが手ぬぐいで、伊藤さんの腕をギュッとしばった。

他の逃《に》げのびた人たちも座りこんだり、沢の水を飲んだりしている。

はきものがぬげて、はだしの人もいる。

「さあ、ここからが本番の山越《やまご》えだ。しっかりついて来いよ」

伊藤さんが立ち上がると近くにいる人たちが寄《よ》ってきた。

「あんた、豊原《とよはら》へ出る道を知っているのかい？　連れてってくれ」

「もうちょっと北へ行くと、登り口があるはずだ。ついて来てくれ」

伊藤さんがそう言うと、何人もの人たちが後に続いた。

豊真《ほうしん》山道の入り口まで来ると避難民《ひなんみん》の数は増《ふ》えて、中には三八式歩《ほ》兵銃《へいじゅう》を背負《せお》った兵隊もまじっている。

山道は手入れもされていなかったため、クマザサが大人の背《せ》たけ以上に伸《の》びている。もうすでに避難民が、山道をかき分けて通り始めていた。

クマザサをかき分けて進むと、道ばたではうずくまって動けなくなっている人や泣いて親を呼《よ》ぶ子供《こども》を何人も見るが、良太はだまってわきを通り過《す》ぎる。

自分がついていくだけで精一杯《せいいっぱい》なのだ。

辺りがうす暗くなってきた。

それぞれくずれ落ちるように横たわって、野宿する。

良太《りょうた》は目をつぶりながら、今日一日の出来事が、夢《ゆめ》の中のことであってほしいと思った。

8 ▼ ふる里を追われて

翌朝《よくあさ》、みんな起き上がり歩き始める。

足を引きずり、*もんぺはボロボロの人たちばかりだ。

顔や手足は、泥《どろ》と笹《ささ》に引っかかれた傷《きず》で痛々《いたいた》しい。

「良太君、ちょっと休もう」

伊藤《いとう》さんが後ろから声をかけてきた。

ふり返ると、伊藤さんに抱《かか》えられたおばさんの口びるが真っ青だ。

「もうだめ……。私《わたし》を置いていって」

おばさんはしゃがみこんだ。

夏といっても体が冷たく、がたがたふるえる。

「こんなところにいたら、ヒグマのエサになっちゃうぞ。峰《みね》までもうすぐだ。あとは下るだけだからがんばれ！」

伊藤《いとう》さんがしかりつけるように言う。

稜線《*りょうせん》へ出ると気のせいか、こげ臭《くさ》いにおいがただよってきた。

（もしかして町が燃《も》えているにおいかも）

良太《りょうた》はふとそう思った。

「姉ちゃん、家も燃えちゃったのかな」

良太がふり返って節子《せつこ》に問いかけると、節子もだまってうなずいた。

「この道を降《お》りて行けば、豊原《とよはら》へ出られるぞ！」

伊藤さんが降りて行く、一本の山道を指さした。

もうすでに降りて行った人たちもあったようで、ぬかるんだ道にたくさんの足跡《あしあと》ができている。降りて行くにつれて　白樺《しらかば》の枝《えだ》が道にまでおおいかぶさり、下りもまた苦労な道のりだ。

ようやくふもとが見えてきたのは、日がしずみかけているころだった。

トウモロコシ畑が見えてくると、

「オーッ！　豊原へ出たんじゃないか？　豊原だ！」

行列の中から声が上がる。下る向こうに集落が見えてきた。

集落の入り口に国民学校があって、住民の人たちが迎《むか》え入れてくれている。

造《つく》りの感じはどこにもある国民学校と同じだが、真岡《まおか》の学校より小さい。

良太たちはやっと歩いている母さんとおばさんを助け、校門までたどり着いた。

「ご苦労さんでした！　さあ、中でゆっくり休んで下さい」

住民がかけ寄《よ》って支《ささ》えてくれる。

校庭のヒマラヤ杉《すぎ》の下に、大鍋《おおなべ》にジャガイモ汁《じる》が用意されていて、先に着いた人たちが座《すわ》りこんで温かい汁《しる》をすすっている。にぎり飯もふるまわれ、良太たちも並《なら》んで受け取り、夢中《むちゅう》で食べた。今まで食べたもののなかで最高に美味しいと思った。

豊原の駅のある、町の中心まで歩いて行くのには、まだかなり距離《きょり》があるという。

外は暗くなったのでこの日はみんな、学校の講堂《こうどう》や教室に泊《と》まることにした。

かたい床《ゆか》に寝転《ねころ》び、疲《つか》れと満たされたお腹《なか》ですぐに眠《ねむ》くなった。

八月二十二日。眠りを破《やぶ》られたのは明け方だった。

飛行機の爆音《ばくおん》と爆撃音《ばくげきおん》にみんな飛び起きた。豊原《とよはら》の中心地のほうからだ。

その時、「ソ連軍《れんぐん》だあ！　ソ連軍が来たぞー！」

と、さけぶ声にみんなが窓《まど》に寄《よ》って校庭を見た。

ソ連の軍用車や戦車が、次々入って来て校庭にずらりと並《なら》んだのだ。

マンドリン銃《じゅう》を持った兵士《へいし》たちが降《お》りてきて、校内に入って来る。

みんな、悲鳴を上げて、逃《に》げようと混乱状態《こんらんじょうたい》になった。

「止まれ！」（ストーイ！）

赤ら顔のソ連兵に銃を向けられて、みんな固まった。それから並ばされて、持ち物を調べられた。

「時計、よこせ！」（チャスイ、ダワイ！）

腕時計《うでどけい》をしていた人たちは、時計を取られてしまった。

「男は前に出て！」

その時、民間人のような格好《かっこう》の、顔が半分茶色のクルクルしたひげのロシア人が日本語《にほんご》で言った。

「抵抗《ていこう》はするな。言われる通りにしていれば大丈夫《だいじょうぶ》だ」

大人の男だけ別の列に並ばせられている。伊藤《いとう》さんも連れて行かれ、ひげの男が良太《りょうた》の前にきた。少しの間、顔を見ていたが、おどろいたように目を見開いた。

「良太！　良太じゃないか！」

そう言われて、良太もひげの男の顔をじっと見る。様子は変わっていたが、なつかしい声と優《やさ》しい目でわかった。

「ミハイル？　ミハイルなの？」

「そうだよ！　良太無事だったのか！」

「ミハイル、ソ連軍に入ったの？」

「いや、収容所《しゅうようじょ》から解放《かいほう》されて通訳《つうやく》にかり出されたんだ。誠司《せいじ》や鉄平《てっぺい》、清《きよし》は無事か？」

ミハイルは、目の高さを良太《りょうた》に合わせてたずねた。

「覚えていてくれたんだ」

良太は胸《むね》がいっぱいになった。

「君たちのことは忘《わす》れないさ」

「鉄平《てっぺい》と清《きよし》は船で早く避難《ひなん》したんだけど、誠司《せいじ》はわからない……。ミハイル、アーニャとトーニャが脱走《だっそう》して銃殺《じゅうさつ》されたよ」

「オーッ！　そんな……」

ミハイルは両手でしばらく顔をおおった。

「ミハイルの家に戻《もど》っていたんだ。そこを見つかって……。真岡《まおか》の町はソ連《れん》に攻撃《こうげき》されて燃《も》やされたよ。たぶんミハイルの家も燃えてしまったと思う」

良太は、ミハイルに報告《ほうこく》するのがつらかった。

「良太、樺太《からふと》はもう日本《にほん》じゃないんだ。これからはソ連になるんだ。できるだけ早

く日本本島へ避難しろ」

ミハイルは良太の肩《かた》を抱《だ》き寄《よ》せてささやいた。

「豊原《とよはら》も攻撃されているの？」

「そうだ」

「どうして、日本は無条件降伏《むじょうけんこうふく》したのに、ソ連はなんで攻撃するんだ！」

良太は思わずミハイルにいかりをぶつけた。ミハイルは無言で首を横にふるばかりだ。

「ミハイル、大人の男を別にしてどうするの」

「男は残されて労働させられるらしい。君はまだ子供《こども》に見えるから大丈夫《だいじょうぶ》だと思うよ。良太、私《わたし》は通訳《つうやく》の仕事が終わったら、今度はソ連の収容所《しゅうようじょ》に入るんだそうだ」

ミハイルが悲しそうな表情《ひょうじょう》で言った。

「えっ？　どうして？」

良太はおどろいた。

「私《わたし》の親は革命《かくめい》の時、白軍だったからね。日本《にほん》のスパイをしていなかったか調べられるらしい」

ミハイルの声がさらに小さくなった。

その時、銃《じゅう》を構《かま》えた兵士《へいし》がミハイルを呼《よ》んだ。

「ミハイル、急げ！」（ミハイル、スカレー！）

ミハイルは、わかったというように手をあげて合図した。

「あっ、そうだ！　これ返さなきゃ」

良太《りょうた》はポケットから、ハーモニカをあわてて取り出す。

「いいよいいよ。それは君が持っていてくれ。それを吹《ふ》くときに私を思い出してくれるとうれしいな」

「ありがとう！　大事にするよ」

「明日かあさってには、ソ連《れん》の樺太《からふと》南下部隊の本隊が豊原《とよはら》へ到着《とうちゃく》する予定だ。日本の司令部は武装解除《ぶそうかいじょ》されるだろう。今日は、町の中心は空襲《くうしゅう》で危《あぶ》ない。明日出発し

たほうがいい」

ミハイルは避難民《ひなんみん》のみんなに聞こえるように大きな声で言った。

「みなさんの無事の帰国を祈《いの》ります！」

そしてもう一度良太を抱《だ》きしめると、はなれていった。

この日、ソ連の部隊は校庭に駐屯《ちゅうとん》した。夜になって、校庭のたき火が赤々と燃《も》えている。兵士たちはお酒を飲んでいるようだ。

（もし、酔《よ》っ払《ぱら》ったソ連兵が入って来たら、手にかぶりついてやろうか。それとも足か……）

良太がそんなことを考えていると、あのなつかしいバラライカの音が聞こえてきた。

「ミハイルだ！」

ミハイルの家で何度も聞いたロシア民謡《みんよう》。そして、一人の素晴《すば》らしい低音の声の兵士が歌い出し、続いて兵士全員が歌い出した。

みんな声楽家ではないか、と思われるような見事な歌声だ。

夜空の星にまで届《とど》くたっぷりとした歌声で、おびえて固まっていた避難民《ひなんみん》も聞き入ってしまった。

歌が終わるとバラライカの音だけになり、耳をすますとその曲は「故郷《ふるさと》」だった。

（ミハイルがぼくたちのために弾《ひ》いてくれている。ミハイルの家で何度もバラライカとハーモニカに合わせて歌ったっけ）

みんなの目から、ボロボロと涙《なみだ》がこぼれ落ちる。

バラライカのふるえるような音色《ねいろ》が、みんなの心をゆらした。

八月二十三日。大人の男たちは軍用トラックの荷台に乗せられどこかへ連れて行かれるみたいだ。

引きはなされた家族が、声の限《かぎ》り呼《よ》び合う。

「糸子《いとこ》、秋田《あきた》の実家で待っていてくれ！　奥《おく》さん、節《せっ》ちゃん、良太《りょうた》くん。糸子をたのみます！」

トラックの荷台から、伊藤《いとう》さんが大声でさけんだ。

残された女性《じょせい》と子供《こども》たちは、豊原《とよはら》駅に向かって歩き始めた。

豊原の中心地に行くほどに、昨日のソ連軍《れんぐん》による空襲《くうしゅう》の跡《あと》がひどくなっていた。

燃《も》え続けて、まだけむりを出している木造家屋《もくぞうかおく》が続いている。

ところどころ、コンクリートのくずれた建物は、中がむき出しになっている。

ソ連の戦車隊がもうすぐそこまで来ているということで豊原も混乱《こんらん》し、避難《ひなん》の人たちが駅に押《お》し寄《よ》せている。

駅は爆撃《ばくげき》されずに、鉄道も無事なようだ。

(やつらはわざと、鉄道をこわさないで残しておいたんだな。自分たちが使う気なんだ)

良太は「樺太《からふと》がソ連になる」と言った、ミハイルの言葉を思い出した。

駅のまわりのアカシアや白樺《しらかば》の木は、こげたり、けむりを出したりしている。

赤いレンガのしゃれた建物の中に、大勢《おおぜい》の人々がひしめきあっていた。

やっとのことで貨物列車にたどり着く。ふだんは石炭を運ぶ貨物列車に、やっと何とか乗ることができた。

あふれるような人を乗せて、貨物列車は走り出す。

するどい汽笛を上げて、港町の大泊《おおとまり》へ向かう。

貨物列車の荷台にぎゅうづめの人々の顔は、列車から出るけむりと石炭の粉《こな》でだれもが真っ黒だ。

息をするのも苦しく、みんなせきこんでいる。

やっとのことで大泊の駅に着くと、駅と町中はさらに大勢《おおぜい》の避難民《ひなんみん》でいっぱいになっていた。

船に乗るために人の波をかき分けて大泊の港へ行き、押《お》されるようにたくさん並《なら》んでいる倉庫の一つに入った。

そこで名前、今までの住所、避難先の住所などを書きこむ。

乗船の順番を待って座《すわ》りこんでいるうちに夜になった。

乗船は翌日《よくじつ》になるかと思うと、眠《ねむ》たくなりウトウトしていた。

突然《とつぜん》、腕《うで》に腕章《わんしょう》をつけた役人が倉庫にきて、メガホンを使って大声で言う。

「安全のために夜間でも出航《しゅっこう》します。並んで下さい！」

倉庫にいた人々はあわてて、桟橋《さんばし》の船のほうに向かった。

近々《きんきん》大泊も攻撃《こうげき》されると、みんな思っていたから必死だ。

桟橋は人でうまっている。

「押さないでー！」

「並べー！」

悲鳴と怒号《どごう》の中、良太《りょうた》と節子《せつこ》は母さんとおばさんの手をしっかりつかんだ。

ヨロヨロするおばさんをささえて、やっとのことで乗船できた。

鈴《すず》なりのような人々を乗せて、船は徐々《じょじょ》に桟橋をはなれていく。

良太は甲板《かんぱん》に出て、大勢の人たちと遠ざかる大泊の港の灯りを見つめていた。

大泊の港の倉庫や建物がだんだん小さくなり、やがて夜の闇《やみ》の中に見えなくなっていった。
だれかが「さらばラバウル」の歌を、

♪さらば〜　樺太《からふと》よ〜　また来るまでは〜　しばし別れの涙《なみだ》がにじむ……♪

と替《か》え歌にして歌い出す。
するとそこにいた人たちみんなも、声を合わせて歌いだした。
(再《ふたた》び樺太に帰れる日が来るんだろうか？　もう二度と戻《もど》れないのかもしれない)
そんな思いも抱《いだ》きながら……。
空は満天の星だ。
良太《りょうた》はポケットからハーモニカを取り出し、心をこめて「故郷《ふるさと》」の曲を吹《ふ》いた。
まわりからすすり泣きが聞こえてくる。
その時、前日出航《しゅっこう》した船がどこかの魚雷《ぎょらい》にしずめられたらしいと、船員さんから

＊さらばラバウル（ラバウル小唄）　作詞　若杉雄三郎　作曲　島口駒夫

の情報《じょうほう》が入った。

「えっ！　なんだって？　魚雷《ぎょらい》だって？　この船は大丈夫《だいじょうぶ》なのか？」

みんなに緊張《きんちょう》がはしり、口々に不安そうに言い合う。

真っ暗な海面を見つめ、ウトウトしながら一晩《ひとばん》を過《す》ごした。

やがて東の空の一点が、わずかに明るくなり始める。

次第にそのまわりがうす紫《むらさき》になっていく。

それからオレンジ色が広がり、太陽がわずかに顔をのぞかせると、黄金色の波が押《お》し寄《よ》せてきた。

そしてみるみる海面は黄金色に広がっていった。

「おおい！　陸だぞー！　北海道《ほっかいどう》だぞー！」

だれかが大声でさけんでいる。

前方をみると、朝もやの向こうに陸が見えた。緑の山々が出迎《でむか》えてくれている。

船は無事、稚内《わっかない》の桟橋《さんばし》に接岸《せつがん》した。

エピローグ▼再《ふたた》びふる里に立つ

二〇〇一（平成《へいせい》十三）年八月、私《わたし》は羽田《はねだ》空港から飛行機に乗り、北海道の千歳《ちとせ》空港に向かった。青森《あおもり》に住んでいる鉄平《てっぺい》とも、千歳空港で合流することになっている。

昨年、誠司《せいじ》からの電話で提案《ていあん》があったサハリン行きが実現《じつげん》したのだ。

（清《きよし》も一緒《いっしょ》だったらどんなに良かったか……）

＊　＊　＊　＊　＊

終戦の年、一九四五（昭和《しょうわ》二十）年九月のはじめころ、樺太《からふと》から父のふる里信州《しんしゅう》の長野《ながの》県《けん》佐久《さく》にたどり着いて、二年後には父も樺太から無事引き上げてきた。

それからしばらくして旧《きゅう》樺太島民の連絡会《れんらくかい》も立ち上がって、それぞれの消息がわかるようになった。

誠司が中心になって、清や鉄平とも連絡を取り合っていた。

清《きよし》がキム・ユジュンの名前で、「祖国《そこく》のために、家族と北朝鮮《きたちょうせん》へ帰って働くつもりだ」と、期待と希望に胸《むね》をふくらませている様子の手紙をよこしたのは、一九五九（昭和三四）年の十二月、私《わたし》が三十歳《さい》のころだった。

北朝鮮は日本《にほん》と国交のない国なので、清とはもう会うことはできないと思ったが、どうしても仕事を休めなくて清が出発する新潟港に見送りに行けなかった。それが心残りだった。

＊　＊　＊　＊　＊　＊

千歳《ちとせ》空港に着くと、誠司《せいじ》と鉄平《てっぺい》が出迎《でむか》えてくれているはずだ。

飛行機が着陸して、到着《とうちゃく》カウンターに向かった。二人の老人がキョロキョロしながらロビーに立っているのが見える。

一人はがっしりした体つきで、もう一人は眼鏡《めがね》をかけて都会的な感じだ。

私《わたし》は、ふたりにまちがいないと確信《かくしん》した。ふたりに近づいていき、

「ヨウッ！　久《ひさ》しぶりだなあー」

と声をかけた。

「おっ、良太《りょうた》か？　すげえじいさんになったな！」

鉄平の第一声である。

「自分だって髪《かみ》の毛ぜんぜんないじゃないか！」

そう言い返してやった。

鉄平は漁師《りょうし》らしく日焼けした顔に、深いしわがくっきりできている。

誠司は真っ白な少しウエーブのある髪で、紳士《しんし》という感じだ。

私たちはすぐに、五十六年前の友人関係に戻《もど》っていた。

そこからオーロラ航空《こうくう》に乗り換《か》えて、いよいよサハリンに向かう。

飛行機の窓《まど》から宗谷海峡《そうやかいきょう》を見下ろすと、五十六年前、満員の船でわたったときのことが思い出される。

あのときは真っ暗な夜の海だったが、今眼下《がんか》に見えるのは、真っ青な海に白い波の立つ宗谷海峡だ。

＊「稚内・コルサコフ定期航路」（サハリン定期航路）は現在休止中です（二〇二四年十二月現在）。

飛行機がユジノサハリンスク（旧豊原《きゅうとよはら》）に到着《とうちゃく》すると、一人の若《わか》い女性《じょせい》が出迎《でむか》えてくれた。

誠司《せいじ》の言っていた、ロシア人のリザベータだ。

「よろしくたのむよ」

誠司はリザベータの手を、やさしくにぎった。

やわらかな灰色《はいいろ》がかった毛の色で、ふっくらした、色の白い女性だ。

「よくいらっしゃいました」

流ちょうな日本語《にほんご》であいさつをしてくれる。誠司が私《わたし》たちを紹介《しょうかい》してくれた。

「今日はお疲《つか》れでしょうから、ざっとユジノサハリンスクに残っている日本の建物にご案内します。明日はホルムスク（旧真岡《まおか》）に行きましょう。それから探《さが》していらっしゃるミハイル氏がいたと思われる老人施設《しせつ》に行きます」

リザベータは老人となった我々《われわれ》三人に、てきぱきと説明してくれる。

私たちは彼女《かのじょ》の車に乗りこんだ。

彼女の運転で街の中心へ行くと、四階建ての建物が整然と並《なら》んでおり、白い建物の丸い青い屋根が美しい。

道路は何となくほこりっぽい感じだ。

ジーンズにＴ《ティー》シャツ姿《すがた》の若者《わかもの》も、けっこう歩いている。

広い通りから少し奥《おく》へ行くと、ボロボロになっているアパートの建物がある。散歩をしている老人や首輪のない犬がウロウロしているのが見える。

私たちの車は、日本時代の建物が比較的《ひかくてき》多く残っている通りへ向かった。

旧北海道《ほっかいどう》拓殖銀行《たくしょくぎんこう》支店《してん》の建物の前に出た。赤レンガの建物と、しっくいのところどころはげた、白壁《しらかべ》の建物が当時をしのばせる。

日本のお城のような建物の、旧樺太庁《からふとちょう》博物館はなかなか立派《りっぱ》だ。

「空襲《くうしゅう》でも焼けずに残ったんだ……」

私がつぶやくと、

「けっこう残っている建物があって、今でも使われていますよ」

横にいたリザベータが言った。

昼にピロシキ（中に具の入った揚《あ》げパン）を食べたが、日本《にほん》で食べるピロシキとはちょっとちがい、なんだかなつかしい味だった。

その日は早めにホテルに入り休んだが、夕食に出たボルシチ（ロシアのスープ）が大変おいしかった。

パンもライ麦パンで、鉄平《てっぺい》がなつかしそうに言った。

「この味だったよな。ミハイルの家で食べたパン」

サーモン料理を食べているときには、

「おれ、高等科卒業してすぐ、親父の船で来る日も来る日もサケ漁だったなあ……」

としんみり思い出していた。

誠司《せいじ》が突然《とつぜん》、良太《りょうた》と鉄平の顔を見ながら言った。

「ところで、あの当時ミハイルはいったい何歳《さい》だったんだろう？」

「おじさんと思っていたけど、三十歳代くらいだったんじゃないかな」

私《わたし》は、記憶《きおく》の中のミハイルを思い浮《う》かべて答えた。

その夜は、三人でおそくまで思い出や現在《げんざい》のことを語り合った。

翌日《よくじつ》、リザベータがホテルに迎《むか》えに来た。

「ユジノサハリンスクにある老人施設《しせつ》に、ミハイルという毛皮のコートを作っていたという、ホルムスク出身の老人がいたらしいのです。今日は先にみなさんが住んでいたホルムスクを見ていただいて、それから老人施設に行きましょう」

車は西海岸沿《ぞ》いにホムルスクに向かう。ホムルスクは旧真岡《きゅうまおか》のときから、大きな港町だった。

あのころは内地と変わりない日本式《にほんしき》の建物が並《なら》んでいて、大きな製紙《せいし》工場もあったのだが……。

車が旧真岡に近づいていくにつれて、心臓《しんぞう》の鼓動《こどう》が高くなるのを押《お》さえられない。

次第に建物が増《ふ》えていって、どうやら街の中に入ったようだ。

今、目にしている真岡はロシアの街、ホルムスクだ。

「どうですか？　あなた方がいたころとずいぶん変わっているでしょう？」

リザベータが話しかけてきた。

「そうだね。全くと言っていいほど面影《おもかげ》がないね」

私《わたし》はそう答えた。

「港へ行ってみようや」

鉄平《てっぺい》がそう言って、三人で港に降《お》り立ってみた。

潮《しお》の香りがたまらなくなつかしい。

港の様子はすっかり変わっているが、海岸線や陸地の地形に覚えがある。

私の家があったらしき高台は、大きな建物が建ち並《なら》んでいた。

「ミハイルコート店のあった場所に行ってみたいんだ。待っててくれないか」

誠司《せいじ》がリザベータに言うと、

「いいですよ。ゆっくり探《さが》して下さい」と言って、彼女《かのじょ》は車のシートをたおした。

三人で広い通りを歩いていくと、古い石の階段《かいだん》がある。

私は「はっ！」と気が付いた。

「おいっ！　ここ神社の階段だったんじゃないか？」

「そうだよ！　ほらここ」

誠司の指さすところに、鳥居《とりい》の台座《だいざ》だけが残っている。

ここは、国民学校時代の登校班《とうこうはん》の集合場所だった。

そこから記憶《きおく》をたどりながら、思い出のミハイルコート店のあったと思う場所に向かって迷《まよ》いながら歩いていく。

すると、スズランの咲《さ》く場所に出た。

「この辺じゃないのかな！」

私は確信《かくしん》して二人に言った。

「そうだな。そうかもしれん」

誠司もうなずく。

「あのころは、ずっと向こうまでスズランが咲いていたよな」

鉄平《てっぺい》も目を細めてながめた。

私《わたし》たち三人は、あのころのミハイルコート店のこん跡《せき》を、必死でさがしたが見つからなかった。ただスズランの香りだけが、当時の光景を思い起こさせてくれる。

私たちは車に戻《もど》り、ユジノサハリンスクの老人施設《しせつ》に向かった。

高架橋《こうかきょう》を通る時、何気なく車窓《しゃそう》から緑の谷を見た。

(もしかして、あの時ソ連軍《れんぐん》に追われて逃《に》げた谷じゃないか?)

そんな気がした。

「途中《とちゅう》に樺太《からふと》時代の学校の建物がまだ残っていますよ。まだ一部使われています。寄《よ》って行きましょうか?」

リザベータの言葉に我々《われわれ》は、「ぜひ!」と即座《そくざ》に答えた。

日本式《にほんしき》の学校の建物が見えてきた時、私は大声でさけんでしまった。

「知ってる!　覚えてる!　ここへ避難《ひなん》したとき、ミハイルに会ったんだ!」

あの時、足を引きずりながらやっとたどり着いた校庭のヒマラヤ杉《すぎ》が、さらに大

きくなってそびえている。

私は、ポケットに入れてきたハーモニカをにぎりしめた。

あの時のことは、昨日のことのように鮮明《せんめい》に覚えている。不安と恐怖《きょうふ》で固まっていた避難民《ひなんみん》の私たちを、なぐさめるかのように聞こえてきた素晴《すば》らしい歌声。

その曲が何の歌かわかったのは、戦後しばらくしてロシア民謡《みんよう》が流行っていたころだった。歌声喫茶《きっさ》などでもよく歌われていた「コサックの子守歌」だ。

♪眠《ねむ》れやコサックの愛し子よ～
　空に照る月を見て眠れ～♪

ラジオなどから日本語の歌になって流れて来るのを聞くたび、ミハイルを思い出していた。

＊コサックの子守歌　日本語訳　津川圭一　作詞・作曲　ロシア民謡

そして男性四人《だんせい》のコーラスグループが歌って人気になった「モスクワ郊外《こうがい》の夕べ」*も、記憶《きおく》にあったロシア民謡《みんよう》だった。


♪窓《まど》に明かりが灯り〜

木陰《こかげ》はむらさき〜

夕ぐれのひとときを〜

モスクワ郊外の道〜♪


老人施設《しせつ》は、郊外の白樺《しらかば》の木に囲《かこ》まれた静かな場所にあった。

リザベータが連絡《れんらく》してくれてあったようで、大柄《おおがら》な女性《じょせい》の所長がにこやかに迎《むか》えてくれた。応接室《おうせつしつ》でリザベータと所長がロシア語で話している。

私《わたし》たちが見守っているとリザベータが向き直り、気の毒《どく》そうな表情《ひょうじょう》で告《つ》げた。

「あなた方の探《さが》しているミハイルかどうかわかりませんが、ホルムスク出身のミハ

イル・イワノフ氏は五年前に亡《な》くなったそうです。遺品《いひん》を見せてくれるそうですから確《たし》かめて下さい」

所長が抱《かか》えてきた箱を開いた時、私たちは同時に、

「おうー！　」

と声を上げてしまった。

遺品の入った箱の一番上に、あの赤いバラライカが入っていたのだ。

「彼《かれ》はバラライカが上手で、よくロシアの民謡を弾《ひ》いて、みんなに聞かせてくれたそうですよ」

リザベータが所長の言葉を通訳《つうやく》してくれた。

私はポケットからミハイルのハーモニカを取り出して、そっとバラライカのそばに置いた。

＊モスクワ郊外の夕べ

日本語訳　穂高五郎

作詞　M.マトゥソフスキー　作曲　V.ソロヴィヨフセドイ

あとがき

私《わたし》は太平洋戦争《たいへいようせんそう》の終戦を迎《むか》えた年の半年後、一九四六（昭和《しょうわ》二十一）年二月に疎《そ》開先《かいさき》の長野県《ながのけん》で生まれました。戦中・戦後生まれが一緒《いっしょ》になっている世代です
今から三年前、私は同級生のお母様から、終戦直後の樺太《からふと》とそのときの混乱《こんらん》の様子についてお聞きする機会がありました。

お母様は当時二十一歳《さい》で、おなかの中に赤ちゃん（同級生）がいました。終戦直後ソ連《れん》が樺太に侵攻《しんこう》したため、お母様はたった一人で長野県の佐久《さく》に避難《ひなん》されました。佐久出身のお父様は樺太で教員をされており、一緒には帰れなかったそうです。

この話を聞くまで私は、戦前の樺太の南半分が日本《にほん》の領土《りょうど》だったことくらいしか知りませんでした。お母様のお話で沖縄《おきなわ》本島だけでなく、樺太まで戦場になっていたことにおどろき、知らなかったことを申し訳《わけ》なく思いました。

その後、樺太から長野県に移《うつ》られた人たちに、樺太での生活や終戦時の混乱をお

聞きました。

「世界中の人がサハリンと呼《よ》ぼうとも、私にとってはあの地は樺太です」と、故郷《ふるさと》への強い想いを語って下さいました。

樺太の人たちがどんな生活をおくっていたか。どんな気持ちで故郷をあとにして、内地に避難をしなければならなかったのか。この物語だけでは、じゅうぶんに書き足りてはいないと思っています。

当時の出来事を経験《けいけん》したみなさまもご高齢《こうれい》になり、語り伝えていくことが難《むずか》しくなってきています。だからこそ、それを聞いた私たちが後世に伝えていくことの大切さを感じています。この物語を読んで今はサハリンとなっている樺太に、少しでも関心を持ってくだされればうれしいです。

素晴《すば》らしい装画《そうが》と挿絵《さしえ》を描《か》いてくださった金子恵《かねこめぐみ》様、樺太出身の方をご紹介《しょうかい》くださった信州児童文学会《しんしゅうじどうぶんがくかい》の方々に感謝《かんしゃ》申し上げます。

高橋良子《たかはしよしこ》

用語解《かい》説《せつ》

P4 樺太《からふと》
ロシア連邦《れんぽう》東部、北海道《ほっかいどう》の北にある島。ロシアではサハリンという。サハリン島の北緯《ほくい》五〇度以南の南樺太は、一九〇五（明治《めいじ》三十八）年から一九四五（昭和《しょうわ》二十）年まで、日本《にほん》の領土《りょうど》だった。

P4 国民学校
一九四一（昭和十六）年から一九四七（昭和二十二）年までのあいだ、初等教育が行われた学校。戦後は学校教育法の公布《こうふ》で廃止《はいし》され、小学校となった。

P5 宗谷海峡《そうやかいきょう》
北海道とサハリン（旧樺太）のあいだにある海峡。日本海とオホーツク海をつないでいる。

P5 帝政《ていせい》ロシア、ソビエト連邦《れんぽう》（ソ連）、ロシア連邦
帝政ロシアは十七世紀以降《せいきいこう》のロマノフ王朝時代の皇帝《こうてい》が統治《とうち》する王朝ロシアのこと。一九一七年ロシア革命《かくめい》により崩壊《ほうかい》。ソ連はロシア革命によってできた世界最初の社会主義の国。一九九一年に崩壊《ほうかい》。一九九二年に連邦条約が承認《しょうにん》され、国名をロシア連邦とあらためた。

P5 日露戦争《にちろせんそう》
日本とロシアのあいだでおこなわれた戦争（一九〇四〜一九〇五年）。大韓帝国《だいかんていこく》（朝鮮王朝《ちょうせんおうちょう》）と満州（中国東北部）の権益《けんえき》をめぐって争われた。

P7 日本総領事館《にほんそうりょうじかん》
世界の主要な都市に置かれ、その地方の在留邦人《ざいりゅうほうじん》の保護《ほご》、通商問題の処理《しょり》、政治《せいじ》・経済《けいざい》その他の情報の収集・広報文化活動などの仕事を行っている。

P21 バラライカ
ロシア連邦やウクライナでつかわれる弦楽器《げんがっき》。三角形で平らな胴《どう》に長いさおがつき、三本の弦《げん》がはられている。

P22 ペチカ
火をたいて室内をあたためるための設備《せつび》。れんがや粘土《ねんど》をつかって、かべに組みこむようにつくったもの。

P22 唱歌
旧制《きゅうせい》の小学校の教科の一つ。一九四一（昭和十六）年から音楽科と改称《かいしょう》。明治初期から第二次世界大戦終了時《しゅうりょう》まで、おもに学校教育用につくられた歌。

P25 ロシア正教会《せいきょうかい》 キリスト教の会派《かいは》の一つで、東方正教会に属《ぞく》する会派の中心的存在《そんざい》。ハリストス正教会ともいう。

P27 ふんどし 日本の男性《だんせい》が身に着ける伝統的《でんとうてき》な下着。長いおび状《じょう》の布《ぬの》を折って、前と後ろをおおう。

P29 出かせぎ ある一定の期間、ほかの土地に出かけて行ってはたらくこと。

P31 朝鮮《ちょうせん》（人） アジア大陸の東部にある朝鮮半島を中心とする地域《ちいき》。一九四八（昭和二十三）年、北緯三十八度線より北は朝鮮民主主義人民共和国《ちょうせんみんしゅしゅぎじんみんきょうわこく》（北朝鮮《きたちょうせん》）に、南は大韓民国《だいかんみんこく》（韓国《かんこく》）になった。樺太の全人口約四十万人のうち、朝鮮人は約四万人いたといわれている。

P35 隣組《となりぐみ》 太平洋戦争中《たいへいようせんそうちゅう》の日本で、国民を統制《とうせい》するためにつくられた住民組織《そしき》。一九四七（昭和二十二）年廃止。

P35 中尉《ちゅうい》 第二次世界大戦当時の日本陸軍は十八階級あり、上位から士官《しかん》（将校《しょうこう》）が十一階級、下士《かし》官《かん》が三階級、兵が四階級に分かれている。中尉は士官の九番目の階級。

P43 宣戦布告《せんせんふこく》 他国に対し、戦争状態《じょうたい》に入る意思を宣言《せんげん》すること。

P43 （大日本）帝国海軍 一八七二（明治五）年に独立《どくりつ》した軍事部門となり、天皇《てんのう》の統率下《とうそつか》に海防《かいぼう》を分担《ぶんたん》。一九四五（昭和二十）年廃止。

P44 赤紙 軍務《ぐんむ》につくことを命じる文書。召集令状《しょうしゅうれいじょう》。太平洋戦争時、国民兵召集の令状用紙があわい赤色だったため、赤紙とよばれた。

P44 軍曹《ぐんそう》、二等兵 軍曹は下士官の二番目の階級、二等兵は最下級。

P50 アリラン 朝鮮半島の民謡《みんよう》。いくつか種類があり各地で歌詞《かし》、メロディー、リズムが異《こと》なる。アリランは一説に伝説上の峠《とうげ》の名という。

P54 **ランタン**
手にさげたり、つり下げたりする携帯式《けいたいしき》の照明器具。古くは中にろうそくを入れて用いた。

P57 **雷鳥《らいちょう》**
茶褐色《ちゃかっしょく》の鳥だが、冬は全身が白くなり、雪の中で目立たなくなる。全長約三十六センチで北極海沿岸地域《ほっきょくかいえんがんちいき》や北半球の鉱山《こうざん》地帯にすむ留鳥《りゅうちょう》。現在《げんざい》は国の特別天然記念物。

P66 **囲炉裏《いろり》**
日本の家屋などにみられる、床《ゆか》を切りぬいてつくった炉《ろ》。煮《に》たきをしたり、暖房《だんぼう》として利用した。

P69 **朝鮮語《ちょうせんご》**
朝鮮民族の言語。大韓民国《だいかんみんこく》では韓国語《かんこくご》という。ハングル。

P80 **軍用犬**
使役犬のうち、軍事目的のために用いられるイヌ。伝令や偵察《ていさつ》、捜索《そうさく》活動に用いられる。

P85 **憲兵《けんぺい》**
日本では一八八一（明治《めいじ》十四）年に設置《せっち》。軍の規律維持《きりついじ》、犯罪捜査《はんざいそうさ》、思想取り締《し》まりにあたった。太平洋戦争《たいへいようせんそう》時、治安維持の名目で国民も監視《かんし》した。終戦後、解体《かいたい》された。

P86 **幌《ほろ》**
日光や雨・風をよけるために、車などの上におおいかけるもの。

P88 **楠木正成《くすのきまさしげ》**
南北朝時代（一三三四年～一三三六年）の武将《ぶしょう》。

P88 **西郷隆盛《さいごうたかもり》**
幕末《ばくまつ》から明治時代初期の武士《ぶし》、政治家《せいじか》。薩摩藩《さつまはん》（今の鹿児島県《かごしまけん》）出身。

P89 **アッツ島玉砕《とうぎょくさい》**
アメリカ合衆国《がっしゅうこく》、アリューシャン列島の小島。キスカ島《とう》とともに太平洋戦争中に日本軍が占領《せんりょう》。一九四三年（昭和《しょうわ》十八年）五月、守備隊《しゅびたい》は全滅《ぜんめつ》した。

P89 **内地**
日本の国内で、もと朝鮮、台湾《たいわん》、樺太《からふと》などを除《のぞ》いた領土《りょうど》を指した。また、北海道《ほっかいどう》や沖縄《おきなわ》からみて本州を指して言ったことば。

P90 **勤労奉仕《きんろうほうし》**
日中戦争から太平洋戦争後期の日本で、国民が強制的《きょうせいてき》に軍需《ぐんじゅ》産業などで働らかされたこと。

P91 **青年学校**
国民学校初等科卒業の勤労青年に産業実務《じつむ》教育、普通《ふつう》教育及《およ》び軍事教練をほどこした旧制《きゅうせい》の学校。一九四七（昭和二十二）年廃止《はいし》。

P100	**公務執行妨害**《こうむしっこうぼうがい》	公務員《こうむいん》が職務《しょくむ》を執行するにあたり、暴行《ぼうこう》や脅迫《きょうはく》を加えて職務遂行《すいこう》をさまたげること。
P100	**三八式歩兵銃**《ほへいじゅう》	一九〇五（明治三十八）年に制式《せいしき》化された旧《きゅう》日本陸軍の歩兵銃（徒歩で戦う兵のための銃）。
P106	**中立条約**《じょうやく》	国際法《こくさいほう》上、国家間の紛争《ふんそう》や戦争に関与《かんよ》しないこと。
P106	**義勇隊**《ぎゆうたい》	戦争に際《さい》し、有志《ゆうし》人民が自ら組織編成《そしきへんせい》した戦闘《せんとう》部隊。
P107	**疎開**《そかい》	家庭ごとに親戚《しんせき》などをたよって地方に移《うつ》り住むこと。縁故《えんこ》疎開。学童疎開は太平洋戦争末期に、日本政府《せいふ》が空襲《くうしゅう》にそなえて都市部にくらしていた児童を、農村部へ移住《いじゅう》させたこと。
P113	**国民服**	一九四〇（昭和十五）年に、日本国民である男性《だんせい》が着るように定められた戦時下の服装《ふくそう》。カーキ色の上衣とズボンが基本《きほん》
P118	**防空壕**《ぼうくうごう》	空襲から身も守るために、地中につくられる穴《あな》や構造物《こうぞうぶつ》。一時的な避難《ひなん》施設《しせつ》だった。
P125	**もんぺ**	すそを足首のところでくるようにつくられた、労働用のはかま。太平洋戦争のときは、日本女性《じょせい》の標準服《ひょうじゅんふく》として奨励《しょうれい》された。
P126	**稜線**《りょうせん》	山のみねからみねへと続く一番高い線。尾根。

【参考文献】

「樺太一九四五年夏：樺太終戦記録」金子俊男（講談社）
「激動の樺太より生きて祖国に帰還して」飯田和夫（鳥影社）
「死なないで！一九四五年真岡郵便局（九人の乙女）」川嶋康男（農山漁村文化協会）
「国境のある島で暮らして」神沢利子（「わたしが子どものころ戦争があった　児童文学者が語る現代史」収録 理論社）
「増補版　民衆の教育経験：戦前・戦中の子どもたち」大門正克（岩波書店）

高橋良子（たかはし　よしこ）　作者

1946年長野市松代生まれ。現在は長野県千曲市在住。長野県立短期大学児童科卒業。信州児童文学会会員。2021年信州児童文学会誌にて本作品の元になる「ミハイルのハーモニカ」を発表。2023年同作品にて第10回とうげの旗児童文学賞受賞。

金子　恵（かねこ　めぐみ）　画家

埼玉県生まれ。女子美術大学洋画専攻卒業。児童書の装画や挿絵を手掛けた作品に『引き出しの中の家』（ポプラ社）『バレエシューズ』（福音館書店）『父さんが帰らない町で』（徳間書店）『たまごを持つように』『セントエルモの光』（講談社）などがある。『夜をゆく飛行機』『神去なあなあ日常』『犬がいた季節』他多数の小説の装画を担当。

装丁・デザイン　大岡喜直（next door design）
【出典、提供、参考文献】
・出典：地理院地図 GSI Maps　国土地理院
「The bathymetric contours are derived from those contained within the GEBCO Digital Atlas, published by the BODC on behalf of IOC and IHO（2003）（https://www.gebco.net）海上保安庁許可第292502号（水路業務法第25条に基づく類似刊行物）」
Shoreline data is derived from: United States. National Imagery and Mapping Agency. "Vector Map Level 0（VMAP0）." Bethesda, MD: Denver, CO: The Agency; USGS Information Services, 1997.
・提供：NPO法人日本サハリン協会
・総合百科事典ポプラディア第三版（ポプラ社）
・広辞苑第七版（岩波書店）

〈ステップノベル〉
ミハイルのハーモニカ

2025年3月30日　第1刷

作　者　高橋良子
画　家　金子　恵

ISBN978-4-580-82680-9　NDC913　四六判　160P　19cm

発行者　佐藤諭史
発行所　文研出版

〒113-0023　東京都文京区向丘2丁目3番10号　児童書お問い合わせ　(03)3814-5187
〒543-0052　大阪市天王寺区大道4丁目3番25号　代表　(06)6779-1531
https://www.shinko-keirin.co.jp/

印刷所／製本所　株式会社太洋社